短歌で綴る折々のこと

―田舎医者の回想

大鐘稔彦

Toshihiko Ogane

はじめに

〝歌人〟の呼称を自他共に許されるのはせめて歌集を一冊でも上梓した者に限られるであろう。

私が東京の短歌結社に入会したのは平成三、四年だから作歌歴は早三十年に及ぼうとしているが、歌集なるものは一冊も出していない。同社の月刊誌にはほとんど欠かしたことなく詠草を送り続けてきたから、延べ三千首くらい詠んできたことになる。一冊の歌集に集録するのは、歌友たちの歌集から推して精々五、六百首だから、その気になれば五、六冊の歌集を出せた勘定になる。

しかし、生憎〝その気〟にならなかった。ほとんどは駄作で、人様に読んで頂けるような歌は数知れているからである。

私が末席を汚す結社「短歌人」の会員は三、四百名で、入会当初はよほどの才人でない限り、「会員2」に組み入れられる。次いで「会員1」、更に「同人2」、昇級の最後に落ち着くのが「同人1」で、ここには全国的に知られ、歌集もそれなりに何冊か出版し、何らかの賞を得て名実ともに〝歌人〟として恥じない人も何人かおられる。

普通は何年もかけて昇級の階段を上って行くのだが、才気ある人たちは多年を要さずとんとん拍子に「同人」へ駆け上がって行く。

私はと言えば、入会してほぼ十五年ほどして漸く「同人2」に推挙され、爾来、その定位置に留まっている。

勇気のある方は「会員1」でも歌集を出すが、大抵の歌集は「同人2」と「同人1」の歌友が出している。それからすると私もそろそろ出しておかしくないのだが、もうひとつ踏み切れないまま年を重ねてしまった。

理由の一つは、既述したようにこれはと自負できる歌が歌集を成すほどには作れていないこと、いまひとつは、どちらかと言えば私は散文を専らとしてきて、小説、随筆の類は何冊か上梓し、中には映像化された「孤高のメス」（二〇一〇年東映で、二〇一九年にはBSのWOWOWで）などもあり、略歴には「医師、作家」と書いてもクレームが出ないまま済んでいることにある。

そんな訳で、歌集を出すのは気が引けるが、散文を主体として幾つか短歌も披瀝し、曲がりなりにも短歌結社の同人に身を置いてきた証の本を出せたらと思ってきた。

私が初めて短歌に触れたのは小学六年の頃である。

近隣に父の妹である叔母一家が住んでいて、毎年正月になると叔母は女学校時代親しかった仲間を自宅に招いてカルタ取りを楽しんだ。私と父も招かれ、一つ違いの従兄妹達も加わって二手に分かれての源平合戦である。

歌の意味はよく分からないものが多かったが、叔母やクラスメートの朗々たる披講の巧みさの所為か、五七五七七の韻律が快く耳に響いた。

ずっと後になって知ったことだが、叔母は春日真木子が主宰する名古屋の短

はじめに

歌結社「水甕」の同人で、いっとき中日新聞の選者も務めたようだ。

その春日真木子が後年ある本を出した。歌集かと思いきや、歌と共にエッセイ風の散文を添えたもので、どちらかと言えば後者が主体の内容だった。「短歌人」に発表してきた歌をそろそろまとめてみたいが歌集などはおこがましいと思っていた折、ふと思い出したのがこの本だった。こうした体裁なら自分にも書けそうだと思い立ったのである。

幼少期の思い出から、七十年余経た近年の出来事、それに対する心境などを詠んで、同人1の歌人がまあまあの出来栄えと取り上げてくれた歌を選び、それにまつわるエピソードを、時にかいつまんで、時に冗舌に散文を添えて何とか一冊の自分史めいた本に仕立て上げた。御笑読賜れば幸いである。

著者

もくじ

第一章　我が族《うから》と少年期の風景

★ 崩れたる豆腐ことごとく買ひやりし母
智恵遅れたる豆腐売りの子の

母は私が小学校に上がって間もなく、〝国民病〟の異名を奉られて恐れられた結核を患って病臥の人となった。

明治以来、ヘマトキシリン・エオジン染色液で赤く染まる好酸菌によるこの伝染病は、栄養不足、不衛生な地域で猛威を振るい、幾多の有為な青年子女の青春を奪って無念の死をもたらした。森鷗外をして類稀な才媛と言わしめた樋口一葉然り、東大生にして大家の筆になると思わせる「滝口入道」で一躍文壇に躍り出た高山樗牛然り、名曲「荒城の月」「花」で天才と謳われた滝廉太郎然り、貧困から来る生活苦に悩まされながら後世に残る珠玉の歌を紡ぎ出した石川啄木等々。

結核に冒された薄幸の女性をヒロインとした徳冨蘆花の「不如帰《ほととぎす》」は世の婦女子の紅涙を誘い、ヒロインの悲痛な叫び「千年も万年も生きたいわ」は人口に膾炙されたという。

宮崎駿のアニメにもなって現代に蘇った堀辰雄の「風立ちぬ」のヒロイン菜穂子の宿痾も結核であった。

結核患者は巷に溢れ、サナトリウムと称される療養所があまた作られたが、数十万もの病者を収容しきれず、少なからぬ患者が自宅療養を余儀なくされていた。

母もまたそんな一人で、学校から帰ると母はいつも奥の座敷にひとり臥せっていた。私は両親が結婚して七年目に漸く出来たひとり子であったし、謹厳実直な父には親しめなかったから、子供心にも寂しいものを感じていた。そんな私を不憫に思ったのか、あるいは母の病状が思わしくないのを見兼ねたのか、父はある時お手伝いさんを雇い入れた。〝いつ子〟と名乗るその女《ひと》が初めてきた時のことは鮮明に覚えているし、私を「坊ちゃん」と呼ぶ彼女になついて近くの市場への買い物について行ったことも記憶にあるが、私の家に住み込みの女中として働くようになったはずの彼女が家のどこに起居していたかはとんと思い出せない。家は平屋建てで台所に六畳と八畳の間、八畳間の隣トイレとの間に二畳間。それに、中学時代からは私の勉強部屋となった三畳程の板の間があっただけだ。八畳の間は母の病室同然になっていたから、私と父は六畳の間に寝起きしていたのだろう。さしずめいつ子さんは二畳の間に起居していたのだろうか。

いつ子さんは半年もせぬうちに、郷里の信州に帰って行った。思わしくなかった母の病が好転し、病臥の身から立ち上がりかけていたからのようだ。

母の弟が名大病院に勤める内科医で母の主治医を受け持っていたが、右上肺野の空洞が度重なる人工気胸術によっても一向に塞がらないのを見て、かくなるうえは肋骨を数本切り取って胸腔を狭くし、上肺野を圧迫縮小することで空洞を押し潰すしかないな、と母に迫った。肩が狭まっていびつな格好になるが、窮余の一策であろう、と。

美意識旺盛な母は、そんな乱暴な手術は受けたくないと断固拒否した。折しも、近在の婦人がキリスト教の布教に訪れ、医者は見放してもイエス・キリストはあなたの病を癒すことが出来る、と伝えた。母は渡りに船と婦人の言葉を受け入れ、彼女が置いていった聖書を貪り読んだ。

ある日、学校から帰り、いつものようにランドセルを放り出して遊びに行こうとする私を、いつになく蒲団から起き出て正座した母が呼び止めた。顔が輝いていた。母は私を抱きしめ、

「お母さんの病気はもう治るのよ。イエス様という方が治して下さるのよ」

と言った。そして、その通り、母は程なく一年の病臥生活から立ち直った。

キリスト教に帰依した母は熱心な布教者となった。大府《おおぶ》という愛知県の外れ

にあるサナトリウムを定期的に訪れ、自らの体験を語りながら、医薬に見放されても信仰によって病魔に打ち克てると説いた。

弱い者、貧しい人を見ると放っておけなくなった。夫に先立たれて生活が苦しくなり保険の外交に出ているという中年の女性が訪ねて来ると、保険に入ってやり、その身の上話に耳を傾けていた。

豆腐売りの青年の一件はそんなエピソードの一つである。

青年は夕刻ラッパを鳴らしながら豆腐を入れた箱を積んだリヤカーを押してくるのだが、年の頃二十前後、見るからに知恵遅れの風貌で、言葉も余り発しなかった。

母は時々豆腐を買ってやっていたが、ある時、青年がベソをかいているのに気付いた。どうしたのかと尋ねると、豆腐を入れた荷台が大きな石か何かに車輪をぶつけた弾みで傾いて豆腐がほとんど砕けてしまったという。このまま帰っては親方に叱られる、手当も差し引かれる、帰るに帰れないと、訥々と訴える。

「いいよ、おばさんが全部買ってあげる」

母はそう青年を慰め、家に引き返して大きなタライを取ってくると、砕け散った豆腐をすくい上げて相応の金を青年の手に握らせた。

父は戦前はしがない小学校の教員を十七年間勤め、戦後は松坂屋の女子職員の教育係に転じたサラリーマンだったから大して裕福でもない。母は父から毎月給料の幾許かを手渡されて家計をやりくりしていたから、何十丁もの豆腐代は手痛い失費だったと思われるが、途方に暮れている青年をそのまま帰す気にはなれなかったのだろう。

★小さき背のぬくもり伝ふ一つ蒲団
〝白雪姫〟を語りし後に

次女の暁子は母が七十四歳でこの世を去る一年程前に生まれた。

「あきちゃんのいいおばあちゃんになりたい」

と折々の手紙に書いて寄越したが、結局暁子の顔は見ぬまま母は逝ってしまった。

私は母似で次女はまた私に似ている。つまり次女は祖母似で、母の死後に生まれたわけではないが、母の生まれ変わりとも思われたのである。母は右の小鼻にかなり目立つホクロがあったが、生後暫くは気付かなかったものの、次女が長じたある日、彼女の右の小鼻にもホクロがあるのに気付き、いよいよその感を深めたものだ。

暁子の上には長女の他に長男が一人いて、日頃妻と子供達は二階で、私は階下でひとり寝る習わしであったが、暁子が三、四歳になった頃、時にふっと、彼女に添い寝をしたいという衝動に駆られた。だが、そういうことになると、父親は悲しい哉、子を生むため腹を痛めた母親の敵ではない。

たまに抱き寄せて鎌を掛けてみるが、

「どうしようかな。お父さんにしようかな、やっぱりお母さんにしようかな」

などと散々じらせた挙句、結局は父親の腕をするりと抜け出て母親の許に走る。

だが、ある時、遂に私は娘を口説き落とした。と言うよりも、手練手管を弄してとにかく私の蒲団に入り込ませたのである。

「暁ちゃん、体操をしようよ。ほら、こんな風にやってごらん」

私がいつも寝る前に試みる柔軟体操だ。幼子の目には興味深いものと映ったのだろう。

「あきちゃんもやってみる」

と、忽ち瞳を輝かせて私の傍らに飛び来り仰向けになって見よう見まねで小さく短い足をはね上げた。

「よし、じゃ、次は本を読んであげよう」

常には最後の土壇場で肩透かしを食らわされているので、まだまだ警戒しつつも、目下は首尾よく事が運んでいるとの手応えに私はほくそ笑む。

「うん、じゃ、ホン、持ってくる」

娘は上機嫌で居間の方に駆け去る。

「あきちゃん、本当にお父さんと寝るの？」

少しばかりやっかみの加わった口吻で妻が話しかけているのが聞こえる。

「うん、ホンを読んでもらうの。どれがいいかなあ、どれにしようかなあ」

今夜ばかりは母親になびきそうにない。子供は本能とエゴの塊りで、理性が勝って己を殺すということはない。今楽しいこと、一番面白そうなことに欲望は赴くのである。

娘は何冊かの絵本を持ち来った。

「どれがいいかなあ」

と、それらを不器用にこね回している。

「これにしよう」

私はすかさず、愛らしい少女の顔が気に入った「白雪姫」を抜き出す。

「さあ、おいで」

私は娘の小さな、それ故に何ともおかしくいとおしいししむらを傍らに引き寄せる。どことなくまだ乳臭さの残った体臭が香ぐわしい。

仰向いたまま、娘に見えるように絵本をかざして朗読を始める。その出来栄え如何で娘は退屈を覚えて蒲団を飛び出すやもしれぬ。

七色の声を持つと言われた中村メイコのようにはいかないが、白雪姫と魔女と王子とでは声色を違えてやらねば。

それにしても、絵本の本文は日本語としてお粗末なものが多い。文章は歯切れが悪く、流麗さ、リズム感に欠け、ストーリーの展開は直截過ぎ、飛躍し過ぎておよそ行間に余韻を漂わせる類のものではない。正に子供だましである。故に朗読意欲などまるで駆りたてられることはないのだが、いとしい吾が子を同衾させるには他に手だてを思いつかなかったのだ。

私は気に食わぬ文章は勝手に修正して読み進める。

思えば、私がこの娘の年齢の頃、こんな風に童話の類を親から読み聞かせてもらったことはない。絵本というものを手にした覚えもない。にも拘らず、「白雪姫」とか「人魚姫」とか「親指姫」、さては「一寸法師」や、「舌切りすずめ」等々の物語をおぼろ気ながら記憶しているのは何故だろう?

「白雪姫」などは確か映画で見たような気がする。「舌切りすずめ」は、母が、絵本などは開かず、多分、夏の夕べ、縁側に座って夕涼みの折などに語り聞かせてくれたような気もする。それ以外は恐らく、マスメディアを介していつの間にか脳裏にインプットされたのだろう。

　ところが、幾十年を経て、妻が買い与えたのか、子供の童話を手に取ってみると、記憶の曖昧さを思い知らされたのである。童話はすべてハッピーエンドと思い込んでいたが、どっこいそうではないものもある。ロシアの民話で、子供の蔵書の中では最も気に入った「スーホーの白い馬」などは悲しい物語なのだ。

　ともあれ、私の苦肉の策は奏功したかに思えた。童話を読み終え、明かりを消しても、娘は私の傍らに寄り添っている。そこで気を許して沈黙に身を委ねたらいけない。睡魔が娘の正気を奪い取るまで話しかける必要がある。さもなければ、闇に目を凝らしながら、娘の小さな胸にはそぞろ母親への郷愁がひたひたと押し寄せてくるのだ。

「どうしようかなあ。あきちゃん、もうお二階へ行こうかな」

居心地悪げにもぞもぞと蠢き出し、いかにも聞こえよがしにこんな独白をつぶやき始めたらもうおしまいである。あの手この手でなだめすかしても、結局はするりと私の腕を逃れて行ってしまう。真っ暗な廊下を駆け抜ける頃には、父親の存在などはもう完全に彼女の念頭から失せている。階段の下まで自制するのが精いっぱいで、闇のこもったそこをそのまま駆け上がる意気地はない。恐怖と母親への慕情に切なくなって、ワーッと泣き出すのが落ちである。その度に父親たる私は些かの後悔とある種の寂しさに襲われるのである。

朝、目を覚ますと、昨夜同衾したはずの娘の姿が見当たらない。語りかけているうちにいつしか寝入っていることを確認し、してやったりとほくそ笑んだ私もいつしか眠りに陥ったのだったが。さては夜中にこっそり抜け出して母親の許へ走ったかと喪失感に襲われかかった時、ふと耳を澄ますと、かすかな寝息がどこからともなく聞こえてくる。(まさか!?)と思いながら、蒲団の傍らの赤外線炬燵の掛布団の裾をめくり上げてみる。信じられない格好で、小さなししむらがそこに息づいていた。

後にも先にも、次女がこうして私の傍らで一夜を過ごしてくれたのはこの時限りである。

★通勤路を馳せ来る吾子の呼ぶ声に
吾がいやはてのＳｅｉｎ確かむ

だが、そのように、夜はつれない次女が、朝からやけに父親にまとわりついてくることがあった。

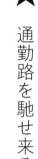

その頃責を担っていた勤務先の病院は、自宅から歩いて五分もかからない所にあった。土地を貸してくれた地主さんの昔風の農家の庭先をよぎると、すぐそこが病院である。

この家には、〝ハチ〟と呼ばれる犬が飼われていた。犬好きの私にも、これが一向になつかない。よそ様の庭をよぎって行くのだからそっと人知れず素通りしたいのだが、如何せん、この不愛想な、少しばかり老境に入ったかと思われる犬が、番犬宜しく私を認めるや吠え出し、家人によそ者の侵入を知らせるのだ。

だが、その日に限ってはその犬が思わぬ役に立った。病院に向かった私の後を、何を思ったか、

「待って。お父さん、待って！」

と、次女が甲高い声を放ちながら追いかけて来たから驚いた。こちらの姿が消えれば諦めるだろうと高を括って足を速めたが、娘は猛然と追いかけてくる。私は件の地主さんの庭に駆け込んで身を潜める。よもやと思ったが、数秒後、地に這うような娘の小さな姿が視野に飛び込んだ。そうしてそのまま一気に私の懐へ。

「だめだよ、あきちゃん、帰らないと。お父さんはお仕事なんだから」

思わず蹲踞の姿勢を取った私の膝の上にチョコンと腰を据えた娘に、私はさとすように言い聞かせる。

「いやっ、あきちゃんも病院へ行く」

相手の思惑など一切気にかけない。ただもうひたすら己が欲望に固執する、子供独特のわがままで娘は譲ろうとしない。

このままでは、病院まで、否、下手をすれば私の部屋にまでついてきかねない。

こちらは、病院に着いたが最後、分刻みのスケジュールが待っている。到底、娘をなだめすかしている暇はない。

思案に暮れかけた時、とっさに妙案が浮かんだ。私にもなつかない件の犬だ。私と違って娘は犬が苦手だ。これをダシにしようと思いついた。

「この先には犬がいるよ。あきちゃんにかみつくよ」

娘は不意に真顔になり、辺りを見やった。

「鎖につないでないの?」

「ああ、つないでないよ」

私は方便の嘘をつく。折よく、姿は見えないが「ワンワン」と犬が吠えた。

娘は私の膝から飛び退き、

「怖いっ！」

と、今にも泣きだしそうになった。

「うん、だから早くお帰り」

しゃがんだまま娘の頭を撫でて私は言った。娘は小さく頷き、踵を返すと、
脱兎の如く走り去った。

（やれやれ）

安堵の思いで立ち上がりながら、視野から消えるまで、私は娘の小さな後ろ姿を見すえていた。この子故に我も存在（Sein）する意味があるのだと思いしめながら。

★重き荷か背丈に余るヴァイオリンは我が影踏まぬ子の歩みはがゆく

子供は不思議な存在である。二、三歳の頃は無性に可愛らしく、目の中に入れても痛くない、誰かの為に死ねるとしたら、このいたいけな我が子以外にはないと思わせる存在に相違ない。夫婦の間は冷えても、子が〝かすがい〟と離婚を思い止まったケースは、A・J・クローニンが実話として語るエピソードを引用するまでもなく、私自身の身にも起こったことである。

先に書いたように、母は結核と闘病中キリスト教に入信し、それかあらぬか病の床より立ち上がったが、新たな困難に直面した。皇国の臣を任ずる父が、異郷の神を信ずる母の信仰を咎め、自分を取るか、キリストを取るかと迫ったのである。母は敢然と、たとえあなたに捨てられてもイエス・キリストを捨てることは出来ません、と言い放った由。

「それでもお父さんが離縁しなかったのは、稔ちゃん、ひとり子のあんたがかわいかったからよ」

後年、物心ついた私に、父の妹である叔母はこう言った。

生まれて間もない私と母を置いて、父は南方ジャワに文部省の日本語養成教員として赴いたが、乗船した船が敵の潜水艦の魚雷を受けて撃沈され、辛うじて海中に身を躍らせたものの、洋上に漂うこと五時間、乗船仲間の半ばが海の藻屑と消えゆく中、間一髪救助船に助けられて九死に一生を得た。

終戦の翌年の八月、父は帰国、母の妹である叔母の家に疎開していた私達の前に姿を現したが、兵隊服姿の父を見るなり、三歳の私は、

「真黒なおじちゃんが来たよ」

と叫んで逃げ出した。

常夏の国ジャワで二年間を暮らした父はいい加減日焼けし、幼子の目には黒人さながらに映ったのだ。そして、紛れもなくその人は〝よその見知らぬおじさん〟で、いつしか同じ屋根の下に住むようになっても、およそ慕わしい存在にはなり得なかった。

私は完全に母っ子で、物心ついても父にはなじめず、父に可愛がられているという感覚を持てないままだったから、叔母にそう言われてもピンとこなかったし、父は居なくてもいいとさえ思っていたくらいだったが、対して父は心許す妹にはそう打ち明けたのだろう。

とまれ、その後数年に亘って父母の間はギクシャクしていたが、改めて父が二者択一を迫ることはなかった。ひとり子の私が叔母の所謂〝かすがい〟になったのかもと実感できたのは、父に漸くなじむことが出来るようになった中学二、三年に至った頃である。

私は先に書いた次女に先立つ七年前に長男を得ている。その翌年に長女、そして更に六年後に次女を得た訳だが、長男は最初の子だけに手をかけた。親馬鹿丸出しの期待もかけた。

彼が二歳の時、車に異常な興味を示した。もとより文字を読めるはずはないから、車の絵本を繰って、「これは何？　この車は何て言うの？」としきりに訪ねてくる。

「あ、それはカローラだ。コロナマークⅡだ。クラウンだね」

と、こちらはとんと車に興味はないから陸すっぽ車の型など知らないが、ちゃんと車名が記してあるから「あ、そうか、これがマークⅡか、なるほど」などと感心しながら答えている。よもやその車型の一つ一つが二歳児の頭にインプットされつつあるなどとは露思わぬまま、問われる毎に答えていたのだが、私自身はマイカー以外はほとんど記憶に残らないのだった。

ところが、なんと驚いたことに、やがて長男は、彼を車に乗せて街中を走るや、後や両サイドのウィンドー、さてはフロントガラスに目まぐるしく視線を移し、「あ、あれはカローラだ」「後ろの車はローレルだよ」「あ、今横を通り過ぎたのはシビックだ」などと、私の記憶にない車名を矢継ぎ早に口にするようになったのだ。当初は半信半疑だったが、何十種類もの車の名を百発百中言い当てるのを見て、

（こいつはひょっとしたら天才かも！）

と、親馬鹿ちゃんりん、大いなる期待に胸を膨らませたが、この驚嘆すべき現象は一年もすると鳴りを潜め、坊主は車を見てもさっぱり興味を示さなくなった。膨らんだ私の胸も呆気なく萎んだ。

以後、長男は誠に平々凡々たる経過を辿った。小学校はさして名門とも言えないミッションスクールへやったが、一クラス二〇名で女の子が四分の三を占め、数のみならず、成績も一番から五番まではほとんど女の子が独占するという女性上位、〝天才〟かと疑った我が子は五段階の「3」が漸く一つ二つあるなし、あとは「1」か「2」という低空飛行。

（おかしいな。どこかで頭でもぶつけたかな？）

親馬鹿ちゃんりんとしては、我が子が幼き日に束の間見せてくれた才気（？）への幻想になおしがみついているのだった。

息子は息子で、父親になまじ過大な期待をかけられていることを察知して、それに応えられないもどかしさを感じていたようだ。何となく萎縮しており、私のちょっとした言葉に敏感に反応した。たまたま一つ年下の長女が兄貴よりは出来がよく、二人をとかく比較するような言葉をうっかり口にしてしまうと、長男としてはいたくプライドを傷つけられるらしい。尤も、プライドとは本来、それに相似しい才知や技量を持っていながら正当な評価を受けなかった時に〝傷つけられた〟と感ずべきもので、長男はまだそれだけのものを持つべくもなかったのだが。

「勉強がすべてではないでしょ。彼には別の才能があるかも知れないのだから、長い目でみてあげて」

妻は大様にこう言って私を咎め見た。

「うん、そうかも知れん。大器晩成という諺もあるからな」

確かに、小学生の時はどこにいるかも分からないような目立たなかった同級生が、中学の後半に至って俄然頭角を現し、模擬試験で成績優秀者の常連になって吃驚させられたことがある。

息子には他に期すものがあって五歳の時からヴァイオリンを習わせていた。私自身の大いなる後悔によることが動機だった。幼い日に何か楽器を習っていたならば、長じてそれがどんなにか心のすさびになったか知れないが、私にはその機会が与えられなかった。

家には戦前、当時では珍しいピアノがあったという。同じ小学校の教員で音楽が好きだった母の為に父がなけなしの金をはたいて買い与えたものらしい。二、三歳の頃、母は戯れに一度か二度は私をピアノの前に座らせ、鍵盤に指を触れさせたが、不肖の息子は全く興味を示さなかったという。戦況も深まり、同居している義父母が相次いで病に倒れ、その介護と私の世話に追われてピアノを弾くゆとりも失った母はピアノを手放すことにした。私が多少なりと興味を示していたら、そうはしなかったということなのだが。

四十歳を過ぎる頃になって、私はピアノかヴァイオリンを弾けたらどんなにかいいだろうと思うようになった。その頃私が責を担っていた病院に夏季研修で来ていた母校の後輩の医学生K君が、幼い時からピアノを習っていると言った。母親に強いられて厭々だったが、続けてきてよかった、ベートーベンの「月光」の曲まで弾けるようになった今にして親に感謝している、と。

その述懐を聞いて、（さもあらん！）と膝を打ち叩いたのである。息子もいつかこの青年と同じ述懐を漏らしてくれる日があるだろうと確信し、そんな父親の思惑など知る由もない息子を強いて、隣の町に見つけた「鈴木式ヴァイオリン教室」に通わせた。

なだめすかして五年、およそこれを楽しむ風情はなく、才能もとりたててあるようには思われなかったが、それでも暗譜で数曲をこなせるまでになって、少なくとも私よりは音楽に対する感性はあるように思われた。

だが、一日、発表会と称する音楽教室のイベントに保護者として出た時、愕然とした。

息子は十歳になっていたが、同じ曲を息子と合奏していたのは、まだ三、四歳のいたいけない幼子達であったからだ。

私はそぞろ情けない思いで帰路に就いた。意識的にではないが、何となく足を速めて息子を突き放す形になっていた。気が付くと、背後の足音が遠ざかり、私の足元から延びる影を息子の足が踏む気配もない。背後を振り返ると、はるか20メートル程後方を、やや内股気味に、背丈に余るヴァイオリンのケースを持て余すかのようにのろのろと歩いているのだった。

私がまだ父親にならなかった頃、ある作家がこんなことを書いているのを見出した。

小学生の息子とどこかへ行った時、息子の歩みがいつしか遅れ、振り返ると、二、三歩後を黙々と歩いているのに気付いたと言う。

作家はしかし歩調を合わせるでもなくそのまま歩み続けたが、子供も追いつこうとはせず、その定距離を保ったまま相変わらず黙々と歩いている。二人共、今ではもう見かけなくなった下駄を履いていた。道も、昨今どこにでも見られるアスファルトではない砂利道で、下駄の音が甲高く響く。自分の下駄が地を打つ音に交錯して、子供の下駄の音が耳を打つ。カランコロン、カランコロン。

耳を澄ますとえも言われぬハーモニーに聴こえて、作家はある種の感慨を覚える。口はきかないが、息子は意識的に自分とつかず離れず後を追っている。自分は背に、時折注がれているであろう子供の視線を感じている。ああ、これが親子というものなのだ、と。

父親と息子の関係は、恐らく、母親と娘のそれとは違う何かしら気恥ずかしいものがある。分身でいて分身でないと思わせる妙なわだかまりがある。子の成長と共に、そぞろ踏み込めない世界が築かれて行く。

★陽だまりにキャンデーしゃぶりひとり座す　幼の思いいずくに馳せをらむ

春のある日の光景であるが、近付いた父親には気付く素振りも見せず、石塀にもたれてしゃがみ込んだまま、いずこに視線を定めるでもなくしきりにキャンデーをしゃぶっている息子の息づく世界は、父親の特権を振りかざして気軽に踏み込めるような代物ではない。

私の顔を見るなり転がるように駆け来たって腕に飛び込んだ幼い息子は、もう過去の幻影なのだった。

★嵐寛の鞍馬天狗が走り来る
貧しかれども夢ありし彼の日々

名古屋の自宅近くに丸山神明社という神社があった。鬱蒼たる森の中に神主の住居があり、それを挟んで境内と広場があった。

私は隣の桐林町にすんでいたが、歩いて五分もかからないこの神社は格好の遊び場で、野球やテニスに興じたものだ。野球は軟式でもない、ゴムボールであったし、テニスもネットなどはないから地面に線を引いてそれを挟んで相向かい、平手でゴムボールを打ち合うというものだった。

夏になると、神社はまた別の目的でその存在価値をアピールした。殊に夏休みだ。まずは朝一番、広場にＮＨＫのラジオ体操第一のメロディーが流れる。

桐林町からの参加者は私くらいであったが、人口密度が圧倒的に高く面積も倍くらいの丸山町には、小、中学生が私の同級生、同期生も含めてかなりいて、大人達も交え、ざっと二、三十人は参加していた。皆勤者には何か褒美、確かトンボ鉛筆一ダースのようなものが出たが、私はもらった覚えがない。その頃から早起きは苦手だったから、さぼることがままあったからだ。

日中は蝉取りで賑わう。思い思いのタモを手に森の中を徘徊するのだが、森林は樹齢数百年の大樹ばかりだから、蝉はなまじなタモでは届かない高い所に止まっていてなかなか捕獲できない。お目当てはありきたりの油蝉ではなく、羽の白い熊蝉なのだが、捕えられたら僥倖ものだ。

ある日、昼食を終えて神社へ出掛けた私は、森の中を歩き回って一時間もした頃、意識がもうろうとして立っておられなくなり、這う這うの体で家にとって返すや、そのまま起き上がれなくなった。体温計は三十九度五分を示した。日射病だった。

近くに病医院はない。今時の親なら慌てふためき、子供を抱えて車に乗せ、医者の所へ走るだろうが、当時、車のある家庭など皆無に近かった。私の家にも無論なかった。（因みに父母は生涯運転免許を取らなかった）

それまでも私は毎年冬になると一度は熱を出して寝込んだが、唯寝かされているだけだった。退屈を紛らせてくれるのはラジオで、それもＮＨＫに限られていた。

一日は恐ろしいほど長かったが、病状は薄皮を剥ぐように回復して行くのが分かった。三日目辺りには嘘のように気分がよくなり、この解放感、爽快感を味わえるならもう一度病気になってもいいと思ったほどだ。

日射病は今なら医者にかかって点滴を受けることになるが、私は水枕を当てがわれて寝かされるだけだった。母の実弟の叔父が隣の町で内科医院を開業していたが、往診を頼むでもなく。尤も、日射病にきく薬などない。精々解熱剤程度で、後は安静にして水分をやや多めに取っていれば済むことだから、母の対処は正解だったのだ。実際、翌日には熱も引き、正気に戻った。

神社での夏の楽しみは夜の催しにあった。一つは祭りで、いまひとつは映画である。

前者は二日に亘って開かれ、舞台がしつらえられ、屋台の、あるいは地面に茣蓙を敷いて品物を並べるだけの夜店がいくつも並んだ。

舞台で忘れられない一コマがある。後にそれはどうやら催眠術らしいと分かったが、当時はそんなこととは露思い至らなかったから、唯唯不思議で不可解だった。

舞台に登場したその奇術師は、我と思わんものは舞台に上がっておいで、私が泣けと言えば泣くよ、床に手をついたらもう床から離せなくなるよ、と口上を述べたのだ。そんな馬鹿げたことがあるはずはないと思ったから、私は余程名乗りを挙げようかと手を挙げかけたが、一瞬早く、かつて一年から五年までクラスを共にした水野君が舞台に駆け上がり、奇術師の前に座った。奇術師も椅子にかけていたが、自分と手をつなぐようにと水野に指示した。少年の手を握り目を閉じるように言って、ややもすると、「さあ悲しくなるよ、悲しくなるよ」と呪文めいた言葉を繰り返しながら貧乏ゆすりさながら足を震わせ始めた。

すると摩訶不思議、水野は上体を震わせ、おいおいと泣き始めたではないか。次に奇術師は彼の手を取って椅子から立ち上がらせ、その手を床につくようにと言った。水野は身を屈めて片手を床についた。

「さあ、もう動かないよ、動かないよ、幾ら離そうとしてもその手は離れないよ。嘘だと思うなら引き上げてごらん」

と奇術師は屈んだ少年の背後で叫んだ。

(そんなの、腕を引っ込めれば簡単じゃないか)

観衆はだれしもそう思っただろう。しかし、泣き続けながら手を床から離そうとする水野は、いかにもがいても強力な接着剤でくっつけられたように腕を上げられないのだった。空いている片方の手を、床に固定されたような一方の腕の手首にかけて引き上げようとするのだが、舞台の下に巨大な磁石でも仕掛けられているのではないかと思われるほど、びくともしない。

水野はもがきながら更に泣きじゃくった。観衆も、一体どうなることやらと固唾を呑んで舞台を見すえていた。観衆の反応を見届けてもうころあいと見計らったのか、「さあ、もう泣かなくていいよ、腕を上げてごらん」とか何とか言って奇術師は水野の顔の前で腕を交錯させた。悪霊でも振り払うように。

水野は一瞬きょとんとした顔で奇術師を見上げてから、恐る恐るといった感じで腕を上げた。観衆からどよめきが起こった。水野の手は何でもなかったように床から離れ宙に浮いたからである。

もう一つの楽しみの映画は、境内の中央に、どこからあつらえたのか大きなスクリーンが立てられ、見物者は、多分神社が用意したものだろう、茣蓙に尻をついてそれを見上げる仕掛けだった。座り切れないと見て取ると樹に登って文字通り高見の見物を決め込む者もいた。

木下恵介監督、高峰秀子主演の「カルメン故郷に帰る」で本邦初のカラー映画が登場して人々の度肝を抜いていたが、こんな野外映画会で上映されるものは白黒映画に限られていた。大人向けのメロドラマもあったが、戦前戦後のべビーブームでやたら多かった子供達を喜ばせたのは、嵐寛十郎主演の「鞍馬天狗」で、あらすじは大まか忘れてしまったが、黒覆面黒装束の嵐寛が颯爽と馬に跨って悪漢の退治に疾駆するシーンになると、一斉に拍手が起こるのだった。口笛を鳴らす者もいた。

私もこの時の嵐寛の英姿が忘れられず、馬に乗ってみたいと思ったものだ。京都の大学に入った時、百万遍辺りを轡を並べて闊歩する角帽姿の学生達を見て少年の日胸をときめかした嵐寛の鞍馬天狗が蘇った、彼らが馬術部の学生であることを知って、本気で入部したいと思いクラブを訪ねたが、部員は皆文科系の学生で、馬と寝食を共にするくらいの覚悟が要る、学業はそっちのけになると聞いて諦めた。

だが、十年後、研修医を終えて田舎の病院に赴任した時、私は念願の馬を近在の博労《ばくろう》主から十万円で手に入れ、川原を疾駆させた。同期生のS君が内科医として同じ病院に勤めており、私が馬に乗っていると知るや興味を示して俺も乗せてくれと言うので厩舎から川原に引き出して試乗させたが、鞍に跨るや否や馬が駆け出そうとした。途端にS君は悲鳴を上げ、「もういい、もう降ろしてくれ！」と金切り声を上げた。私は手綱を引いて馬を引き止め、蒼褪めたSに代わって馬に乗り、お手本を示そうと鞭をくれたが、見慣れぬ人間の登場で興奮したのか、馬は猛烈な勢いで走り出し、手綱の制御も効かない。さては行き止まりで急停止したから、弾みに私は前のめりになり体が宙に浮いて投げ出されるかと思った。咄嗟に馬の首にしがみついたが、下半身は馬から離れ、私は辛うじて鐙に足をかけて振り落とされるのを免れた。嵐寛の雄姿とはほど遠い不様な姿に我ながら冷や汗ものであった。

拙歌を選んでくれた同人は恐らく同年配の人で、同じ経験、思い出の持ち主と見受けられた。

「戦後七、八年経った復興期。夏の宵、近所の神社の境内で映写会が催された。子供がやたら多く、地面に敷いた茣蓙に蟻のように群がる。溢れたものは樹に登り、枝にとりついて見た。

嵐寛十郎演ずる鞍馬天狗が馬を駆って颯爽と登場するや、待ってましたとばかりに歓声と拍手が沸き起こる。貧しくはあったが、バイタリティみなぎる時代であった」

第二章　不定なるもの

★シャンプーの甘き香匂う黒髪に
顔寄せ行きぬラッシュの朝は

母校京大の庇護を断って、昭和五十二年、箱根の山を越え、埼玉県大宮市のはずれの一民間病院の責を担った。

卒後十年近くを経ていたが、まだまだ練達の域には程遠いと自覚していたから、伝を頼って東京女子医大消化器病センターに隔週に一度通った。同センターは、元千葉大学外科教授で、山崎豊子の「白い巨塔」の主人公のモデルとされ、食道癌の手術にかけては右に出る者がないと言われた中山恒明が、弟子の不祥事の責を取って辞任した後、女子医大の吉岡理事長に招聘されて総帥になっていたが、私が通いだした当時は、中山先生は第一線を退き、千葉大から引き連れてきた股肱の臣たちがメスを揮っていた。中でも〝出藍の誉れ〟と評判だったのは、膵臓の手術を専らとしていた羽生富士夫教授で、私はこの国手の妙技を学び取るべく新宿は河田町の同センターに十年近く通い続けた。

楽ではなかった。大宮の外れにある自宅からそこまで通うには、まずバスで大宮駅へ、次いで電車で新宿まで出、更にそこからまたバスで河田町へと乗り継いで行かなければならない。所要時間は約二時間。手術は午前九時に始まるから、七時には家を出なければならない。それには、六時に起きて洗面、食事、トイレを済ませる必要がある。

私は当時50㎏そこそこの痩身（身長は171㎝）で、睡眠不足に弱い。少なくとも七時間は眠らないと体が持たなかった。院長という責務を担っていた上に、月に十から十五件の手術も手がけていた。手術前には二、三十分の仮眠を取り、眠気を払ってやおらとばかり手術室に向かっていた。

バスはさておき、大宮駅から乗り込む埼京線は大変な通勤ラッシュで、座れることはまずない。吊革を掴めればまだいい方で、大概はもみくちゃにされた挙句、前後左右を人に囲まれて身動きならないまま立ち尽くすことになる。

終点の新宿まで僅か三十分そこそこだが、その倍の長さにも感じられる。全く無為で苦痛、忍耐を強いられる禅の修行まがいの時間だ。電車が止まり、ドアが開いて人いきれが少しばかり和らぐほんの一、二分が待ち焦がれる。

通勤の電車に乗り込むのは職場が東京にあるサラリーマンばかりだから、年齢層も比較的若い。加齢臭を放っている年寄りはまずいないし、サラリーマンは身だしなみを整えて出てくるだろうから異臭が車内に漂うこともないのだが、それでも閉所に押し込まれて自由を奪われる時間はやり切れない。

だが、極稀に、ほっと息抜きを覚えることがある。馥郁と香しい匂いが鼻先をくすぐる時だ。それは、肩先が触れ合わんばかり目の前に立っている若い女性の、誇らし気な長い黒髪から漂ってくるものだ。男などでも散髪の後にかけてくれるスプレーの一種か、朝の洗髪の折のシャンプーやリンスの匂いかも知れなかった。

★　蜜月に破れて我を訪ね来し
　　青年の目怪しく澄みぬ

人間関係の中でも男と女のトラブルは日常茶飯事であるが、時に理解を超える展開を垣間見る。

K君から、思いがけず部厚い封書が届いたのは、私が先に書いた埼玉県大宮の病院の責を担っていた時であった。既述したピアノの弾ける青年である。

それより二年前、夏の休暇に、彼は実習生として京都から遠路はるばる来てくれた。

我々のアルマ・マーター京大は、静岡以西近畿、四国から九州に至るまで多くの関連病院を持ち、しかもそのほとんどは地域の中核病院である公立や日赤系の大病院であったから学生の実習には事欠かない。

それなのに、何故関東の、七十床そこそこのしがない民間病院に後輩の医学生達が集い来るようになったのか？

そのきっかけを作ったのは、私が医学生時代、アルバイトで数学を教えていた塾に通っていた、当時中学三年のT君であった。他に二人の友人が来ていたが、三年後、三人とも京大の工学部に現役合格した。私はその頃大学を出て神戸の病院に研修医として勤めたばかりだったが、三人は合格の報告に来てくれた。

T君は一旦工学部を卒業し、何を思ったか再び京大医学部を受験、これも見事に現役合格を果たした。

更に数年後、母校の庇護を絶って関東に出た私の消息を、どこでどう突き止めたのか、T君から電話が入り、先生の病院で実習させてもらえませんか、と打診してきたのだ。一驚したが、二つ返事で了承した。

T君は同期生三人と共にやって来た。漫然と先輩たちの手際を見学するに留まっている大病院での実習とは異って、私の所ではそれこそ手取り足取り、採血に始まって諸検査、外来診療、回診や手術に立ち会わせ、週に一度の「外国文献抄読会」のプレゼンターまでさせた。それが学生達の間で評判となり、人気を博したようだ。毎年夏の休暇には必ず数名の京大生が訪れるようになった。中には、夏だけでは物足らないと、短い冬の休暇にもやって来る者がいた。

K君もそんな一人だったが、さすがに卒業と国家試験を控えた年の冬の休暇に訪れることはなかった。

手紙は、国家試験が終わって間もなく書かれたものだった。てっきり合格の朗報もあると思いきや、何と、卒業試験は無事クリアしたが、国家試験には落ちたという。

一二〇名の卒業生の中で、落ちるのは精々七、八名で、実習にも来てくれた熱心な彼がまさかその中の一人に入るとは思ってもいなかった。

驚きはそれだけに留まらなかった。何と彼は卒業と同時、国家試験の前に結婚したとのこと。相手の女性は同年の私立医科大出で、皮肉なことに、彼女の方は国家試験をパスしたというのだ。

男が落ち、女が合格した、それでどうこうなるような仲でなければ問題はなかっただろうが、どうやらその辺から二人の間はギクシャクし出したようだ。新婚旅行から帰った直後、女の方から離縁を言い出して彼も抗うことなく別れたという。

それはともかく、苦しい時に私を思い出してくれたのは嬉しいことだった。程なく、K君は上京し、大宮から上尾に転じていた私の所へ来た。手紙を寄越した頃よりは落ち着きを取り戻しているように見受けられた。少なくとも、懸念したような、ある種の精神状態に特有の異様な光がその目にたたえられていることはなかった。むしろ、澄んで平静であるのがかえって怪しまれた。うつろで心ここにあらずという状況ではないかと心配していたが、それも杞憂だった。彼は私の子供達と戯れ、小学生の息子は、キャッチボールの相手が出来たと言って喜んだ。

彼は居間にアップライトのピアノがあるのを見つけると、五歳の時から母親に手ほどきを受けたという腕前を披露してくれた。もとより楽譜などはない。ベートーベンだかシューベルトだかのかなり長い曲を諳んじていて、巧みに弾きこなした。

K君は二、三日滞在して行った。別れ際に、私は一つだけ気がかりなことを尋ねた。蜜月のさ中に破局が訪れたとあれば、いわゆる成田離婚するカップルがよく口実に使う〝性（格）の不一致〟は大いに原因となり得よう。彼女はその点で幻滅を覚えたのではあるまいか？

だが、そういうことはなかったとK君はさり気なく答えた。お互いに初めての異性だったが、だからどうということもなく、その点はうまくいきました、と。それ以上深く追及することは遠慮した。

K君は立ち直った。捲土重来を期した一年後、冷静に試験の結果を分析し、「今年はかなり難しかったので六割が合格ラインと言われています。自己採点で67％は取れたように思われるので、まず大丈夫と思います」と書き送ってくれた。

彼の確信に、狂いはなかった。

第三章　二足の草鞋

★あと五話で連載切ると宣す声
安堵の傍ら寂しとも聴く

私は消化器の手術を専らとしてきたが、昭和五十年代半ば、当時責を担った病院のある埼玉県下では、私の病院より十年早く隣の上尾市の外れに創設された県立がんセンターか所沢市の防衛医大でしか行われていなかった肝臓の手術も、これら大病院に互して手がけていた。日本の消化器外科のメッカとも言うべき東京は新宿の東京女子医大消化器病センターに通って国手たちの手際を学び取らせてもらったお陰である。東京でも、国立がんセンター他、数施設でしか行われていなかった。

肝臓外科の究極は、肝臓の一部を取るのではなく、ごっそり取り換えて健康な肝臓を植え直す肝移植術にあるとわきまえ、母校の後輩達がフェローシップとして肝移植のパイオニア、T・E・スターツルが率いる米国はピッバーグのプレスビテリアンホスピタルに一、二週間ごと入れ代わり立ち代わり赴いていることを聞き知って、これに便乗させてくれるよう頼んだ。

昭和六十年の暮、念願叶い私は勇躍小雪の散らつくピッツバーグに飛び、後輩が斡旋してくれたアパートに一週間逗留してプレスビテリアンホスピタルに通った。

肝移植は大概深夜から始まる。ドナー肝が遠方でしか得られない場合、空路取りに行くことになるが、アメリカは広いから、片道だけでも二、三時間を要することがある。ドナー肝の採取に二時間程かかるから、往復六、七時間余を費やすことになる。日中に肝移植術を組み込むと、その手術室は他の手術を全く入れられない。何故なら、それに要する時間は、少なくとも八時間、時には丸一昼夜ということもあるからだ。

私が最初に見た肝移植も、御多聞に漏れず深夜から始まった。

手術室に運ばれてきたのは、全身真黄色、意識のない大柄な男性で、病名は劇症肝炎。

私はかつて二人の同患者を経験していた。一人は、田舎の病院の、リンゴのような頬っぺたをした十代後半の看護婦だった。どうやらB型肝炎患者の採血時に、誤ってその注射器の針で自らの指先を突いてしまったようだ。内科病棟のナースだった。翌日に意識混濁状態となり緊急入院となったが、劇症肝炎など経験したことのない内科医達は試行錯誤を重ねた挙句、助けられなかった。僅か数日で彼女は花の命を散らした。

いま一人は、それから十年後、関東に出て最初に責を担った病院に運ばれてきた三十代半ばの男性だった。病院の婦長の弟で散髪屋だった。彼女の説明によると、弟は前日、客の髭を剃った剃刀でうっかり自分の指を切ってしまったという。客はウィルス性肝炎を患っていたに相違なかった。

やはり意識混濁状態で救急車に運ばれてきた。その頃漸く、年間三千人程の患者が出て三分の二は死に至る劇症肝炎に対してあの手この手の治療法が試みられていたが、中で救命率が比較的高いとされたのが血漿交換である。腎不全患者に対する人工透析の要領でウィルスに汚染された血液を体外に出し、新鮮血と入れ代える方法だ。

これを専らとして果敢に劇症肝炎に取り組んでいる医者が県内にいると知って、私はそのM医師にかくかくしかじかでと相談した。M医師は自前のポータブル式血漿交換器を携えて駆けつけてくれ、不眠不休で治療に当たってくれたが、その甲斐もなく患者は数日後不帰の人となった。

ピッツバーグの患者は夜を徹しての十二時間余に及ぶ手術の末助かった。劇症肝炎に見舞われた肝臓は黒ずんで固く縮まり、使い物にならない廃器に見えた。肝臓は血行が良く再生能力が旺盛で、少々のダメージには屈しない。部分切除すれば、トカゲの尻尾ではないが、その断端から多少なりと再生してくる。

何せ脳と並ぶ大きな臓器だから余備能力があり、五分の一では厳しいが四分の一も正常部分が残れば生命を維持できるとされる。

移植以外の方法で助かるケースは、ダメージを受けても四分の一以上の細胞が生き残って余備能力を保った例であろう。しかし、私が経験した二例や、ピッツバーグで見た患者の肝臓は、完膚無きまでにダメージを受け、細胞のあらかたは死滅してもはや何をしても死人に鞭打つようなものであったと思われた。壊れ切った物はそっくり新品に取り代えてこそ唯一救い得るというのが移植の概念であり、極めて合理的な考えだ。

僅か数例だったが、ピッツバーグでの肝移植の見学に私はカルチャーショックを覚えた。これはもう一刻も早く日本でも行われなければならない——そう思った私は、帰国してすぐ、肝臓移植に取り組む外科医を主人公に一篇の作品——戯曲だったように記憶する——を書き上げ、大手出版社の集英社に持ち込んだ。コミックとして単行本化してくれないか、と。

コミックに思い当たったのは、それより少し前、胆石の手術をした若い女性が、退院後の診察日に、「先生のお名前が出てきてびっくりしました。是非読んでみてください」と言って「オペレーション」とタイトルの付された三冊のコミック本を差し出したことが発端だった。それまでコミックなるものは手塚治虫の「ブラック・ジャック」しか読んだことがなく、書店でよく見かけるコミック誌はそのけばけばしさに目を背けるばかりで手に取ったことがなかった。しかし、一民間病院の外科部長に過ぎない私が本名で登場するとあっては読まずにいられない。

ストーリーは大学病院という〝象牙の塔〟山崎豊子の所謂「白い巨塔」内の外科医達の確執、権力争いをテーマにしたもので、読み出したら止まらなくなった。私が実名で登場する件は、右下腹部痛を訴えてきた患者を安易に「虫垂炎」――――俗にいう〝モーチョー〟――――と決めつけて手術に持って行こうとする若い医者を、主人公であるベテランの医師が諭すシーンで出てくる。私がかつて著した『虫垂炎・一〇〇年の変遷―その臨床と病理』を引き合いに出し、「著者の大鐘医師も、右下腹部はスクランブル交差点のようなもので、虫垂炎のみならず、婦人内性器、泌尿器、さては上腹部臓器の疾患でもそこに痛みをもたらす。だから安易に〝モーチョー〟と診断を下してはいけない。鑑別診断をしっかりしなければと訴えておられる」と書いてくれているのだ。

それだからと言う訳ではないが、一気に三巻を読み終えた私は、漫画といえども侮れないぞ、大したインパクトだ、とこれを見直した。

閃くものがあった。「オペレーション」張りに、コミックの形を借りて、肝移植の必要性を世に訴えられないか、と。

たまたま、「オペレーション」の作者が取り上げてくれた「虫垂炎・一〇〇年の変遷」を出版してくれた医学専門出版社の編集者に一連のいきさつを話したところ、集英社のコミック部門の副編集長をよく知っているから、彼にその原稿を見せたいから、僕に預けて下さい、と言ってくれた。先に「持ち込んだ」

と書いたが、実際に持ち込んでくれたのはその編集者だった。

すぐにも諾否の返事をしてくれるかと思いきや、一カ月経っても二カ月、三カ月と経ても音沙汰がない。諦めかけていたところ、半年程経た頃、「ご相談したいからおいで頂きたい」と副編集長の大竹さんから連絡が入った。すわとばかり上京、神田小川町の集英社に赴いた。

大竹さんが待ち構えていて編集長の所へつれて行ってくれた。

編集長曰く、

「大変面白く読ませてもらいましたが、ウチはいきなり単行本にするということはしておらず、〝オペレーション〟も隔週発行の『B・J（ビジネス・ジャンプ）』に連載、八回程の分をまとめて一冊ずつ単行本化していったのです。つきましては、どうでしょう？　いきなり肝移植の話に持っていくのではなく、先生がこれまで経験された様々な患者さんの手術を中心に一話完結型で連載してみませんか？　で、そのゴールとして主人公の外科医が肝臓移植に挑むという筋書きにしてもらえたらと思います。漫画家はもう心当たりの者を当たって待機してもらっています」

思惑とはやや異なったが、二つ返事で承諾した。かくして「メスよ輝け！外科医当麻鉄彦」の連載が始まった。原稿用紙一枚一万円の稿料で、一回に約二十枚をシナリオの形にして担当の副編大竹さんに送る。大竹さんはそれをチェックして加筆修正を求めたりする。納得できるものもあるが、できないものもある。私がそうして再度手を入れたものを大竹さんは漫画家に送る。

漫画家は山田哲太という、三十代半ば、ほっそりとして神経質そうな男だった。男の絵は個性的でうまかったが、女の顔は、大竹さんも難クセをつけていたが、似たり寄ったりでもうひとつだった。

コミック誌の多くがそうであるように、「B・J」も軟派の作品が多く、飛び抜けて人気を得ていたのは「甘い生活」という、往年のフェデリコ・フェリーニ監督の作品の題名を盗み取ったお色気もので、「B・J」誌が毎回読者に求めるアンケート調査で断トツだという。二位が料理の腕を競う職人を主人公にした作品で、硬派物と言えば唯一この作品だった。

「メスよ輝け！」は言うまでもなく硬派物だ。お色気めいた話はほとんどない。その点が心配と編集長も副編の大竹さんも言っていたが、初出で「メスよ輝け！」は「甘い生活」に次いで第二位の人気得票数を得た。気を良くした編集部は次号の「B・J」誌の表紙を主人公当麻鉄彦の手術衣姿で飾ってくれた。

「甘い生活」を凌ぐことはなかったが、その後も「メスよ輝け！」はベスト3以内を続け、八話毎に単行本となって世に出た。私は現役の外科医で病院長でもあったので、漫画の原作を書くのに現《うつつ》を抜かしているとは思われたくなかったから本名を憚《はばか》ってペンネーム「高山路爛」で通した。一風変わったこの筆名の由来はと色々詮索して下さる読者がいたが、〝高山〟は私が崇敬して止まない戦国のキリシタン大名で高槻城主であった高山右近から、〝路爛《ろらん》〟は

〝ジャン・クリストフ〟〝ベートーベンの生涯〟を描いたフランスの作家ロマン・ローランを捩ってつけたことにした。

〝高山〟の由来はその通りだが、〝路爛〟のそれは違っていて、実際は、昔、学生時代に知り合った画家を志している女性から譲り受けたものである。〝炎を上げてひた走る〟という意味を込めた雅号ということだったが、「いい雅号ですね、欲しいな」と言ったところ、一年程して、「スペインへ絵の修行に出掛けます。ついては私の雅号を差し上げますから使って下さい、私には重すぎます。あなたにこそ相応しいと思いますから」と言って餞別としてくれたのだ。そんないきさつを語るのは面倒と思い、「ロマン・ローランから取ったものでしょう？　違いますか？」と穿った推測を立ててくる人には逆らわず、「ええ、まあ、和洋折衷ですね」と返すことにしていた。

「メスよ輝け！」はベストセラーになった。それに少なからず貢献してくれたのは、各製薬会社のＭＲ（当時はプロパーと称した）であった。中でも、大学

異端とは何か　キリスト教の光と影

大鐘稔彦

「主よ、どうか松原先生の中からサタンを追い払ってください！　天使を装って、今やサタンが先生に取りついて離れず、信徒の目も欺いています！」

松原牧師の顔色がさっと変わったのを私は見届けた。…私は木下師に「よくぞ思い切った祈りをされましたね」と持ちかけた。木下師は得たりや応とばかり返した。

「あんたはサタンの手先だとＡ子に言ってやったよ。さっさと教会から失せろ、とね」

だが、Ａ子は一麦教会に居候を続け、愛弟子の体を張った祈りも空しく、松原牧師は彼女と心を合わせて祈りつづけた。

公然たるその密会も、やがて終焉を迎えた。持病の胃痛が悪化したのだ。…

「神の人」が体調を崩してもはや礼拝に立てなくなり、向夫人に付き添われて岐阜の実家に戻り教会を離れてしまったから人々は驚いた。その原因がどうやらＡ子への思い入れにあると聞き知った信徒のいくばくかは一麦教会を去っていった。（本文より）

テレビドラマ化された医療小説『孤高のメス』の著者・大鐘稔彦医師によるキリスト教“異端”論。若いころ“正統派”キリスト教会に通いながらも、失恋をきっかけに信仰を失い、以後“異端派”であるエホバの証人や統一教会の信者たちとかかわってきた著者が、「奇跡」「再臨」「来世」など、キリスト教の基本的論点に踏み込んで、各派の神学を検証・批判する。非科学的な聖書に疑いを持ち、クリスチャンの人間性に失望し、それでもなお、完全な無神論者にはなれない――そんな自身の体験と思いを綴った一冊。

（税込1320円、264頁）

荒野に水は湧く　ぞうり履きの伝道者
升崎外彦物語　　田中芳三

「私に焼かせて貰えまいか、わしは何も報酬は要らん」「先生、それ本気か、先生はあの男に目のかたきにされ、一番苦しめられて来たのに——」「何も言うてくれるな、わしはこの仕事をしたいのだ」

その日の夕方、升崎は薪二十束と石油一罐とを役場から貰い受け、役場の小使と一緒に山に出かけた。途中で小使は「急に腹が痛くなってきてもう動けない」と仮病を使って下山してしまった。

人間の体はそう簡単に焼けるものではない。升崎は屍体をあちらに転がし、こちらに転がしいろいろと苦心して焼いた。夜通し働いて、東天の白む頃やっと全部焼き終った。新らしい朝が来た。ああＡは死んだ、あれ程の富と権力とを持ち、そして自分を迫害し続けたＡも、一握りの灰となった。彼の霊魂の救いを祈ろう、と升崎がひざまずいて祈禱していた時、ふと目をあげると骨壷を持ったＡの息子のＢと、花と線香と水とをたずさえた数人が近づいて来るのを見た。そして少し離れた処に立ち止まり、しきりにこちらに向かって拝み始めた。近くに六地蔵が建っているので、その地蔵を拝んでいるのだろう、と升崎は思っていた。ところが彼らは升崎外彦を拝んでいたのであった。升崎が彼らに近づくと、Ｂは地面に両手をつき、「先生！　赦して下さい」と言ってワッと泣き伏した。

「火は総てを浄めると言います。お父さんも清められました」

（本文より）

あまたの迫害を乗り越えた、明治生まれの不屈のキリスト者・升崎外彦の伝道と献身の記録。1961年にキリスト新聞社より出版された伝説的作品を復刻。（税込990円、164頁）

病院等大病院を回るMR達は、医師たちへの格好のおみやげとして単行本を携えて行ってくれたのである。製薬会社自体も、社員達への医学研修材料にうってつけとみなして買い求めてくれたようだ。それというのも、画を担当してくれた山田哲太君は凝り性で物事を忽《ゆるが》せにできない性分だったから、私が台本で書く手術シーンで理解に苦しむ所があると、手術書では立体感覚が掴めないのでと言って私の手術を再々見に来て、質問を放ちながらスケッチして行った。そうした彼の努力の成果は他の漫画にはないリアリティを生み、MRの医学知識を深めるのに役立ったようだ。

加えて医学専門用語には欄外に注釈をつけたから、これは社員の何よりの教材になるとばかり、製薬会社が買い込んでくれたのだ。

主人公の当麻鉄彦は、早々に母校を飛び出し、あちこちに国手を求めて武者修行を積んだ後、過疎の地の病院に赴き、地域で大病院に互して譲らぬ医療（手術）を手がけることを信条とした壮年の外科医だ。幼い時、高校受験を目前にしていた兄が、村の診療所の医者の誤診で前途ある命を散らした。郷里熊本は北里村が生んだ細菌学者北里柴三郎に憧れて医師を志していた兄の無念の思いを晴らそうと、当麻も医師を志した――――という設定で、この辺りは徳洲会の総帥徳田虎雄の幼少時の体験をそっくり貰い受けた。

当麻鉄彦は作者がモデルと思い込んだ読者からよく、「あなたの故郷は熊本の北里村ですか?」と聞かれることがあった。勿論そうではない。何となく主人公を九州男児にしたかったのと、彼が医者になろうとした動機は徳田さんのそれがいい、ということは、医療過疎の地の出身にしなければとの思わくから思いついたのだ。

ところが、偶然も偶然、北里村出身の偉大な外科医がいたのだった。私は関東に出て最初に責を担った病院の十年間は遮二無二学会発表を行ったが、新病院を設立してからは忙しさにかまけて指導医、専門医の資格維持に必要なポイントを稼ぐために年二、三回学会に出席するだけで、演題を発表したりすることは絶えてなかった。何せ医療現場では月々30件程の手術をぎりぎりのマンパワーでこなしていたし、「メスよ輝け！」のブレイクで原稿依頼や取材も重なり、演題を発表するゆとりなどとんとなかったからである。

一九九九（平成十一）年の初頭、三十年執ってきたメスを置き一介の田舎医者になったが、その数年後、もはや外科医でなくなった私に、中国、四国外科学会の会長で徳島大学の外科教授田代征記なる人物から電話が入った。同会で講演をしてくれないかと言う。

「実は先生とは因縁浅からぬものがありまして」

と田代先生は切り出された。もはやメスを置いた私に白羽の矢を立てられたのはどうしてかとの疑問に答える形で、

「あなたの書かれた『メスよ輝け！』の主人公当麻鉄彦のモデルは先生じゃないですか、と、そのコミックを読んだという医局員達がしきりに言うのです。何故って、当麻鉄彦は熊本県小国町北里村の出身になっているからです、と。

実は、私はその北里村の出なんですよ」

と返された。これには心底驚いた。

関東と四国と遠く隔たっているから、消化器を専攻する外科医という同じ分野に携わっていながら私は田代先生のことはとんと存じ上げなかった。私が足繁く学会に通い、毎月刊行される数種類の外科部門の医学雑誌に真面目に目を通していたら、肝臓外科の泰斗で知る人ぞ知る存在であろう田代先生のお名前は、あるいは耳目にしたかもしれない。それにしても先生の生まれ故郷まで知ることはなかったであろう。

だが、フィクションの世界ではなく、人里離れた北里村から田代先生のような国手が出られたことを知って、当麻鉄彦はブラック・ジャックやドクターKのような破天荒な手術をやってのけるおよそ現実離れした天才ではなく、日本のあちこちに存在する等身大のヒーローであり、現実に彼のような外科医はいるのだよ、と声を大に叫びたい思いに駆られたものだ。

「メスよ輝け！」は単行本が出る度版を重ねた。しかし、原作者の私と漫画家山田哲太との間には人知れぬ確執があった。漫画だけに専念しておればよいものを、私の原稿を勝手に書き変えるのだ。つまり登場人物の台詞をである。どうやら彼は手塚治虫に憧れていて、原作も漫画も自分一人でやってのけるのが夢だったようだ。それならそれで台詞にもセンスを感じさせるものがあればいいのだが、彼が手を加えて手直ししたものはガクーンと格調が落ちてしまうから私は怒った。

原作者と漫画家のこうした確執は日常茶飯のようだ。典型的な例は、「あしたのジョー」の原作者梶原一騎と漫画家千葉てつやのそれで、初回からして自分の原作と全く違う構成の漫画が出てきたのを見て一騎は激怒、「こいつとはやって行けない！　俺は降りる！」と言い放った。どちらも大御所でそれ相応のプライドを持っているから譲らない。間に入った編集者が這う這うの体で一騎をなだめすかし、取り敢えずは読者の反応を見てみましょう、もし芳しくないものならば次には梶原先生の原作を忠実に画にするよう千葉てつや先生にお願いしてみます、と。

換骨奪胎された「あしたのジョー」はいきなり人気投票で一位に躍り上がり、編集者は狂喜し、激怒した梶原一騎も脱帽、以後千葉てつやの漫画にクレームをつけることはなかったというが、私と山田哲太はそうはいかなかった。何度私の原作の台詞には手をつけるなと言っても、登場人物の台詞である〝吹き出し〟に往々にして山田哲太は原作に無い文句を加えたりしたので、私はその度に怒り心頭に発した。

副編集長の大竹氏が当初二年程担当だったが、やがて若い斎藤君という男に変わった。性格の穏やかないい男だったが、まだ経験が浅い分、人あしらいに慣れていなかったのだろう、ややにして私と山田哲太との板挟みにあってストレスが昂じ、十二指腸潰瘍を併発、ダウンしてしまった。一年と持たなかった。

大竹さんがまた担当に戻った。作家と漫画家の軋轢は作品の出来栄えにも影響するのか、「甘い生活」が人気投票トップを走り続け何度も表紙を飾る一方で、「メスよ輝け！」は五、六番手に後退、担当に復帰した大竹さんも何とか仲良くやってくれないかと双方に苦言を呈するようになった。

最初に音を上げたのは山田哲太だった。そろそろ降ろさせて欲しいと大竹さんに訴えたようだ。あと五回で百話になる、切りがいいのでそこでジ・エンドとすることで宜しくと。

山田哲太との確執にストレスが昂じるばかりであった上に、職場での軋轢も重なって心身とも疲労困憊状態であったから、無念の思いはあったが、一面、安堵を覚えて打ち切り宣言を受け入れた。

「メスよ輝け！」は結局単行本で十二巻出て累計七十万部を数えた。その後数年間に、内容はそのまま体裁を変えただけの八巻本、更に部厚い三巻本が出た。

第四章　邂逅の妙

★その昔奈落の底に在りし時
我は出会ひぬ天野篤と

平成二十四（二〇一二）年二月七日、午後七時のNHKニュースを見ていた私は「うん？」とばかり、画面の一人の人物に目を奪われた。平成天皇の心臓バイパス手術を執刀した順天堂大学教授天野篤とテロップには書かれていた。

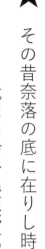

遠い記憶がおぼろ気に蘇っていた。十八年前、千葉県は松戸駅前の新東京病院で一度限り出会ったその人ではないだろうか、と。

人違いかも知れなかった。かすかに思い出す人物は、童顔で小柄、髪は黒々としており、テレビに映った人物とは似ても似つかなかったからだ。十八年前にまみえたその人は丸顔だったが、テレビで見る天野教授の額にさり気なく流れている白髪の下の顔は面長だった。

昭和天皇の膵臓癌の手術もそうだったし、平成天皇は今回の心臓の手術に先立つこと十年、前立腺癌の摘除術を受けておられるが、いずれも東大病院で行われていたから、バイパス術の執刀医は東大出の心臓外科医に相違ないと思い込んでいた。

私学の順天堂大学の教授が玉体にメスを入れる栄に浴したというだけでも驚きだったが、名もない一民間病院の医者が大学教授に栄進することも考えられなかったから、十八年前に束の間相見えた人物はやはり別人かも知れないと思った。しかし、〝アマノ〟という姓に、何となく聞き覚えがあるような気がした。

翌朝の新聞で彼の経歴が明らかにされた。二浪して漸く日本大学医学部に入ったという。およそエリートコースを歩んだ医者ではないことが話題を呼んだが、それよりも、職歴に見られた〝新東京病院〟と〝心臓外科医〟がキーワードとして私の脳裏に焼きついた。

平成六年の夏、ただでさえ寝苦しい猛暑の夜々を、私は生まれて初めて睡眠薬の助けを借りて眠りを得ていた。

平成元年に有志に背中を押されて責を担った病院から、突如院長解任を告げられていたのだ。余りにも理不尽な理事会の決議に抗って裁判に持ち込んだが、頼みの綱と当て込んだ弁護士は口先ばかりのハッタリ屋で、早々に目論み違いを犯し、理事会側の弁護士に先手を打たれて敗訴となった。夏真っ盛りの八月、私は石をもって追われる如く、五年間育んできた病院を退いた。

浪人の身となり、悶々とした日々を送っていたある日、もう冬になりかけていた頃だったように記憶しているが、平野と名乗る人物から電話が入った。覚えのない人だ。千葉の松戸の駅前にある新東京病院の理事長だと名乗った。年長者の声で、どこでどう知ったのか、私が苦境にあることを知っている口ぶりだ。思い当たるのは、私と理事会の抗争が全国紙幾つかの三面記事として、

「理想の病院、五年で挫折」

と銘打った見出しで載ったことだ。

「メスよ輝け！」がベストセラーになったこと、「癌患者のゆりかご（早期癌）から墓場（末期癌）まで」をモットーに、関東では初、全国でも六番目の緩和ケア病棟（ホスピス）を備えた五階建て百二十床の病院を開設し、外科医としては〝エホバの証人〟の無輸血手術を日本で最も多く六十八件手がけ、手術の現場をライブで家人に公開するという、これも日本では初めての試みを行ってマスメディアに取り上げられることしばしばであったこと、等で名が知られていたからだ。

平野さんは全国紙のその記事をたまたま目にされたのだろう。

「大変お苦しい立場にあられるようですが」

との前置きでそれと知れた。まさにその通りの状況にあったから、その言葉は身に沁みた。それにしても見ず知らずの人だ、一体何の用で電話をかけて来られたのかと訝った。ひょっとしたら、私が浪人の身であることを知って、〝新東京病院〟へ雇い入れてくれる算段なのか、と淡い期待を抱いた。

平野さんは続けた。

「実はあなたが原作を書かれている〝メスよ輝け!〟を愛読し、主人公当麻鉄彦は自分の理想の外科医だと言っている男がウチの病院にいます。心臓外科医なので、コミックの主人公や先生とは畑違いなんだが、一度会ってやってくれますか？　当院を見学がてら気楽にお越し頂ければ」と。

次のステップに踏み出さなければと焦りながら、受けたダメージの大きさから回復できないまま悶々とした日々を送っているばかりだったから、私は平野さんの誘いに応じ、一日、千葉に向かった。

新東京病院は松戸駅の真ん前にあった。敷地は左程ではない。玄関口からロビーの佇まいも、私が責を担っていた上尾甦生病院程広々としたものではない。何階建ての建物だったか、ベッド数は何床だったかはもはや記憶にない。

理事長室に案内された。平野さんは恰幅の良い中高年の紳士然とした人だった。白衣はつけておらず私服姿だったから、現役の医師であったかどうか？すぐに彼は私に会わせたいという人物を呼び寄せた。私は当時五十歳だったが、現れた人物は一回りも若いように見受けられた。手術衣に、やはり手術用キャップをつけていたように思うが、その記憶も曖昧である。が、私より小柄で、童顔、およそ外科医には見えなかったから、彼がこの病院の屋台骨である心臓外科医と紹介されても、俄かには信じられなかった。

最初にどう言葉を交わしたかも覚えていない。平野さんは彼に「病院をひと渡り案内してあげてくれ」と言ったのだろう、気が付くと私は彼について院内を巡っていたが、どこがどうなっていたのか、肩を並べながらどんな会話を交わしたかも覚えがない。

理事長室に戻った私を、軽く食事をしましょうと言って平野さんは外へ連れ出し、とあるホテルへ誘った。確か地下だったと思うが、和食のレストランで寿司をご馳走になった。

平野さんの口からは、期待した言葉「よかったらウチへ来ないか？　あなたの信奉者もいることだし……」といったような勧誘の言葉は出なかった。心臓外科医以外の外科医の需要はなかったかも知れないし、あったにしても、私の外見は平野さんの目に頼もしくは映らなかったのだろう。何せ私は一連の不祥事で心身共に疲弊を極めており、標準体重は62 kgながら50 kgを割って痩せ細っていたのだ。

それっきりだった。

思わぬところから声が掛かり、その後東京と埼玉のはずれの病院に勤めたが、経営本位で陸な病院ではなかった。

五年後の平成十九年、私はメスを置き、アフリカの聖者と言われたシュバイツァーに憧れて医者になると決意した時志した過疎地での医療に余生を費やすことにした。満五十五歳での転身だった。

そうして十有余年の歳月が流れた。

平成天皇の心臓バイパス術が無事終わったことを告げるニュースを見た私はそぞろ落ち着かなくなった。

意を決してペンを採り、天野さん宛に手紙を書いた。十八年前、新東京病院でお目に掛かっていなかったかと。

天野さんが愛読してくれたコミック「メスよ輝け！」はメスを置いて現在の地に着任してから小説化し、「孤高のメス」と改題して世に出た。二〇一〇年には映画化され、旬の俳優堤真一が当麻鉄彦を演じた。当麻鉄彦こそ自分の目指す理想の外科医と思ってくれた天野さんなら、映画も見ていてくれるはずだ。ならば一度限りの逢瀬に終わった私のことも思い出してくれただろう。そんな確信が、いくつかの不確定要素を凌駕して私を思い切らせたのだ。

果せるかな、一週間程経った頃だろうか、パソコンのメールボックスに天野さんからのメッセージが届いた。

「先生とは実際に新東京病院でお会いしています。覚えていていただいて光栄です。当時の経営者だった（現在はセコムが経営）故平野勉理事長の取り計らいで、平成六年に、当時の私としては衝撃的な感動を持ってお会いしました。

この年に、恩師の一人でもあり、三井記念病院との兼務で部長だった須麻久善先生がローマカソリック大学客員教授に就任し渡欧されたのを受けて心臓血管部長に就任していたので気合十分だったと記憶しています。

先生は、当時大学病院が嫌がっていて、私も自分の技術を証明するのに最適と考えていたエホバの証人の難手術（現在は残念ながら大学の方針で順天堂医院では手術不可能なので相変わらず新東京病院で行っていますが）を積極的に行われていましたね。そんな中で、上尾甦生病院長として患者接遇やインフォームド・コンセントの確立、職員の環境改善向上も確立されているのを知り、執筆活動も精力的に行われていて驚愕と共に強い関心を持ち、平野理事長にこのような凄い外科医がいるのだと伝えたのだと思います。

先生の『メスよ輝け！』は漫画では全て読破しましたが『孤高のメス』となってからは読んでいませんでした。しかし、私もテレビドラマ『医龍2・3』や『チームバチスタの栄光』の医療監修を色々なご縁で医局単位で引き受けることになって、『メスよ輝け！』の原作の秀逸さに関してはさらに確信を持つようになり、『チームバチスタの栄光』がある程度の興行収入をあげて次に何に取り組むか迷っているという話を制作会社から持ちかけられ、医療ものをやるんだったら『メスよ輝け！』が原作として最もしっかりしているので、一度読んでほしいと提案したのでした」

何と、「孤高のメス」の映画化、降って沸いたようなその僥倖に天野さんは一役買ってくれてもいたのだ。

天野さんに会いたいと思った。ただ会いに行くだけでは勿体ないので、天皇に行ったオフポンプ（心臓の博動を止めないまま）での冠動脈バイパス術を見たいと思い、その旨の手紙を認めた。

二つ返事で快諾を得た。天野さんは大学に近い最寄りのレストランで一献傾けてくれた。

医局員やマスコミの人間も同席していた。

「いやあ、先生は変わりませんねえ」

と開口一番、手を差し出しての言葉だったが、（そんなはずはないが）と私は訝った。新東京病院で初めて会った時の私は痩せこけて頬もげっそり落ちていたはずだ。それから五年後に私はメスを置いて現在地に単身赴任したが、ストレスから解放された所為かみるみる体重が増え、50 kgから65 kgにまでなって、当時着ていたスーツは上下とももう着れなくなっていたのだ。「孤高のメス」が映画化されたことでマスコミの取材が相次ぎ、写真もその度に撮られた。その頃は既に太っていたから、天野さんはそんな一つを何かの折に見て、初対面の時の顔よりはそちらの方が脳裏にインプットされていたはずだが……。

一方、天野さんは全く様変わりしていた。丸顔の童顔は面長な大人の顔に変わり、黒々として額にさり気なく流れていた髪は、テレビに映った通り、白髪に一変していた。

翌朝、手術を控えていたにも拘らず、天野さんは、教授室に早めにおいで頂きたいと言って、増築中の建物や院内を案内してくれた。

手術は平成天皇に施したバイパス術で、助手についた部下達を最初は叱咤しながら進めていたが、心臓が露出され、バイパス術に移ってからは黙々と手を動かしていた。正に職人芸だった。三時間程でこれを終えると、次のオペがありますのでここで失礼します。と天野さんは言った。

一期一会には終わらなかった。診療所の五〇周年記念式典を口実に、私は天野さんを引っ張り出し、講演してもらった。新聞に案内のチラシを入れ、会場は三五〇人しか収容出来ないので申し込みの先着順に受け付けるとの但し書きを出したところ、入場料無料というのも効いたのだろう、申し込みがその日のうちに殺到し、定員の倍を数えて窓口を引き受けてくれた市の職員は断るのにてんてこ舞いだったという。

私の新刊も出たところで、天野さんのそれと共に、机を並べて講演後にサイン会を開いたが、行列が途絶えたのは一時間後だった。

会場を別にした最寄りのホテルでの懇親会にも天野さんは付き合ってくれ、カラオケも一曲披露し、上機嫌で帰途に就いた。神戸に帰る私の友人が天野さんを三宮まで送ってくれた。夜行バスで東京へ戻り、大学病院に直行して二、三件の手術をこなす予定だという。何とタフな！　私は舌を巻いた。

第五章　田舎医師の哀歓

★十年余付き合ふて来し患者らの
老いて小さくなりゆくぞ哀し

私は満五十五歳で現在地に来たから、この歌を詠んだのは定年を過ぎた六十代後半であったと思われる。

私が着任するまで、四十年間に十五人もの医者が入れ替わっている。平均三年しか勤めてくれなかった訳で、記録を辿ると、最も長く勤めた医者で丸九年、最短は数カ月で辞めて行った医者もいる。

役場の一般職員の定年は六十歳だが、医者は例外で六十五歳と聞いたから、そこまで無事勤めれば十年の勤続となり、診療所開設以来最も長くいてくれた医者として多少なりと地域住民や役場の人たちの記憶に残るかなと思った。

遅ればせながらシュバイツァーに心酔した亡き母も望んだ過疎の地の医者となった時点で、次のステップはもう考えられない、最後の奉仕場と決意して来たから、健康でありさえすればその記録は達成できるものと見込んでいた。

果たせるかな、風邪で少々体調を崩したくらいで寝込むほどのこともなく、病欠ゼロで十年が経過し、定年の日を迎えた。役場は医師に限って定年延長を認めるという。私は二つ返事で了承し、三年延期の契約を取り交わした。

診療所は農村と漁村に挟まれており、御多分に漏れず一帯は高齢化社会である。訪れる患者の大多数は、高血圧、高脂血症、糖尿病等の慢性疾患か、稀に癌を抱えた高齢者だ。稀にと書いたが、癌患者も年に十人前後見つかっている。発見次第入院手術の可能な二次医療機関へ紹介しているから私が抱え込むことはないのだが、一連の治療を終えた暁には「後はかかりつけ医に診てもらうように」と言われたと言って患者が戻ってくることがある。根治手術ができた患者は、体重は落ち込んでも元気溌溂とした顔を見せてくれるが、そうでない患者は、暫くは小康状態を保っているが、やがて確実にやせ衰えて嵩が小さくなり、見るも痛々しくなってくる。

着任した当時、診療も終わった昼休み時を狙って飛び込んでくる質の悪い六十前後の男がいた。初診時に見た限りで、後は薬だけでいいと言って診察を受けようとしない。診療時間内は待つのが厭だからと昼時に来るのである。一般の病医院は余程の急病でない限り時間外診療は受け付けず、玄関も閉ざしてしまうが、私が責を担った診療所は午後の診察もある日は玄関は開けたままで、看護師も、午前の診療はもう終わった、午後は二時からだからと一応は断る。心ある患者は大概引き下がるが、件の男は強引で、

「おーい、看護婦おるかあ？　薬だけくれえ」と、奥の休憩室で昼食を摂っているか休んでいるスタッフを大声で呼び出す。

都会では考えられない患者だ。ナースは最初はどうしたものかと私にお伺いをたてたが、こういうマナーをわきまえない身勝手な患者を診る気はしないか

ら、次からは診療時間内に来るよう伝えて帰すようにと指示した。

だが、男は性懲りもなく時間外に来ては薬を無心した。薬は院内に置いてあったから、処方箋を切るだけで窓口でナースが手渡せる。

この院内処方は診療所にとって何のメリットもない。薬剤師がいるわけではないから、ナース一人の手が取られる。そのため、私が着任した当時はナースが三名いた。一人は事務も兼ねていて、窓口で会計業務に追われる。いま一人が私の診察に付いていてくれるのだ。

院内に薬を置く最大のデメリットは、使われない薬が不良在庫として残ることだ。卸業者への薬の注文もナースがするのだが、一旦仕入れた薬は長い間使われないでいると業者も引き取ってくれない。

私が来た当初、診療所の収支は赤字だった。

いいや、それ以前から久しく赤字続きだった。見かけの収入は四百万円くらいあったが、その六割を薬代が占めていた。卸の値引きが20％くらいの時もあったが、厚生省が薬の安売りはまかりならぬとの通達を出して以来うんと少なくなり、卸業者もこれ幸いと精々5%しか下げなくなった。

つまり、見かけは二四〇万円程あっても、実質的な薬の利益は一〇万円余、95%は診療所の支出だ。

血液検査による収入も四〇万円程あったが、島外の血液センターに六割持って行かれていたから、二十四万円程の支出、薬と併せて二五〇万円程度の持ち出しだった。

折しも厚生省は、院内薬局を廃止、調剤は院外薬局で行うべしとの通達を出した。卸業者と病医院とのもたれ合いに遅れ馳せながらメスを入れたのである。

診療所の不良在庫の多さに気付いた私は、この〝医薬分業〟の厚生省の通達を尤もと思い、診療所の隣に空き地があるのを見て、ここに調剤薬局を設けることを提唱した。知人の伝で薬剤師も確保できた。空き地の持ち主は数年前までそこに公文式塾を建てて中学生達に数学を教えていた。その建物を、薬剤師のOさんが改造してこじんまりとした薬局が仕上がった。

Oさんは私より二、三歳下、明石の住人で、お互いに再婚同士の奥さんと彼女の連れ子と同居していて、平日は薬局の二階で起居、金曜の夕方明石へ戻って月曜の朝早くこちらへ出てくるという生活を続けた。

彼が来てくれたお陰で、もうひとつの、週三日、午後二時間ばかり診療に赴くやはり役場の管轄下の診療所と兼け持っていたナースが抜けてそちらの専属となり、本家の診療所はナース二人となった。

そうして十年余が経過、診療所の開設以来勤めていた二人は定年を迎えて退職、彼女達の娘くらいの若いナース二人と入れ替わった。

スタッフは若返ったが、患者はいよいよ年を取り、がたいが小さくなって行った。殊に高齢の女性は、更年期に必発の骨粗鬆症で骨密度が低下、胸腰椎が自然に圧迫骨折を起こすから身長が数センチ縮まる。

しかし、内臓が丈夫なら見た目は元気そうだからまだしもだが、癌を患った患者は確実に痩せ衰え、小さくなって行く。前者はまだしも、後者のそんな姿は痛々しく、哀しかった。

選歌者の評。

「患者たちを老いさせた十年余というのは自分にも過ぎた歳月で、自身の老いへの感慨も感じさせる。結句は〝哀し〟で結んではいるが、病気の老人たちと十年もの付き合いを続けられていることの幸いも堪えているようだ」

然り、冒頭に記したように、十年勤め上げて、診療所史上最長の永年勤続者となろうという着任当時の覚悟を現実のものにした感慨を覚えたものである。

私自身は、年は重ねたが、小さくはならず、当初より15 kgも体重が増えて、かつての痩身を知る人々を驚かせているのだが。

★今一つ患者に優しくなれぬのは大病せしこと無き故と知る

他人の苦しみは、何が原因にせよ、自らがその原因の当事者にならなければ真に理解はできない。精々同情程度に留まるのが落ちである。

幸い私は内臓の病気を患ったことがない。既述したように、精々風邪で数日、長くても二、三週間しんどい思いをするくらいで、寝込むほどのことはない。つまり、着任以来、病欠は皆無なのである。

例外的に、半日だけ休んだことがある。古稀を過ぎた翌年だった。週二回、夜の八時から十時まで、車で二十分ほどの小学校の体育館へ卓球に出掛けているが、ある夜、息子のような若い男とラリーを交わしていて、彼が放った強烈なスマッシュを無理に返そうとして転倒、起き上がれなくなった。右のアキレス腱を断裂したのだ。

翌日はいつも通りの診察日だったから、急遽ナースに電話を入れ、かくかくしかじかで病院へ行くから午前中は休診にさせてもらうよ、と伝えた。

連れ合いの車で洲本の淡路医療センターに行った。整形外科医は「どうします、手術しますか、ギプスで様子を見ますか」と尋ねた。手術したとしても暫くギプスはつけてもらうことになりますが、と。後者をお願いした。手術となれば少なくとも下半身麻酔をかけることになり、入院を余儀なくさせられるからだ。たとえ一日にせよ、診療所を休診にするのは癪だった。

松葉杖をついての日々となった。連れ合いやナースが行き帰りアッシー君を務めてくれて助かったが、辛いのはギプスによる右下腿の圧迫感で、受傷後暫くは下腿が腫れ上がるのにギプスはタイトに巻いてあるから、締めつけがきつくなる。何よりも、自由が利かない束縛感で気が狂いそうになった。

そんな苦闘のさ中、いっとき気分を和らげてくれたのは、アキレス腱を切ったことのある知人、友人達の体験談だった。身近なところに意外な人がアキレス腱を切っていた。

診療所に出入りしている薬の卸業者Y君は四十歳そこそこ、ラグビーの試合のさ中に負傷、夏に差し掛かっていたので、ギプスに覆われた下腿がむせて痒くてたまらなくなり、物差しをさしいれて掻いたが治まらず、遂には勝手にギプスを壊してしまってネットで購入したサポーターに切り換えてしまった、ギプスを外した時の解放感といったらなかった等、熱弁を揮って笑わせてくれた。

彼は苦痛を訴える私にいたく同情してくれ、自分が使った取り外しが利く足首までのサポーターを注文してくれた。二カ月ほどしてギプスが外され、アニメのガンダムさながらの装具に取り換えられたが、これも取り外しが利くものだったから、夜、寝る時はガンダムを外してしまい、Y君が取り寄せてくれたサポーターにチェンジした。これで随分束縛感から解放され、やれやれという思いだった。

腱の断裂や骨折等の外傷はこのギプス固定の辛い時期があるが、いつかは治る。命に関わるものではないから「辛いね。でも、もう少しの辛抱だよ」という慰めも空々しくはない。まして自分がアキレス腱断裂を経験したから、親身になれる。

しかし、死に至る内臓の病気、わけても癌となるとそうはいかない。自分が体験していないから、下手に慰めようものなら「他人事《ひとごと》だと思って」とやり返されかねない。否、露骨に口には出さなくても、内心ではそう言い返したいと思っていることだろう。

医者で癌を患った人の話を聴いたことがある。死に至るまでの葛藤を綴った闘病記を読んだこともある。いずれも、襟を正して聴き、読まずにはおれなかった。

この人達の「自分は今まで第三者的な立場でしか患者を診て来なかったことを思い知らされた。自分が癌になって、初めて患者の苦しみを理解でき、心から同情の言葉を吐けるようになった」という述懐は、嘘偽りのない赤裸々な告白と受け止められた。

〝心からの同情〟それは、〝惻隠の情〟と称されるべきもので、自らの心の痛みを伴うものだ。

癌を患った経験を持つ医者は、癌患者に対した時、極自然に〝惻隠の情〟が湧き来たり、空疎ではない慰めの言葉が口を衝いて出てくるだろう。

患者と接する医療者は、医者であれ看護師であれ、一度は自ら病に罹り、その苦しみ、そこから回復できた喜びを味わい知った者こそ資格があると言えるかも知れない。その意味で、大病を患った経験のない私などは失格者だ。

大いなる相克である。医者がもし癌に罹ったら、癌患者の苦悩は他人事でなく身につまされるであろうが、自らの医療行為は中断を余儀なくされる。大病院の勤務医ならば、一人欠けても他の医者がカバーしてくれるが、マンパワーにゆとりのない中小病院や、私のように代わる者のいない僻地の診療所に勤める立場にあれば、他の職員はおろか、地域住民に多大の迷惑をかけることになる。

この原稿を書き始める少し前、突如血尿を見て蒼褪めた。女性ならばまず膀胱炎が考えられ、さほど心配はいらないが、男で、しかも高齢者の血尿となると、第一に疑われるのは腎臓癌、次いで膀胱癌、稀に前立腺の炎症である。

恐る恐る自分でエコーを試みる。腎臓には異常が無い。膀胱はと見ると、前立腺肥大は数年来のものだが、カリフラワー状の淡い影が前立腺外に見て取れた。血の気が引いた。

（膀胱癌だ！）

かつて手がけた膀胱癌の患者のことが思い出された。膀胱を全摘し、切り離した両側の尿管を代用膀胱にしつらえた十センチ長の腸管に移行して縫いつけ、腸管の一方の端は閉じ、もう一方を腹壁外に人工肛門さながらに出した患者のことを。泌尿器系の手術では最も手間を要する手術だ。腹壁外に出した代用膀胱には袋を密着してあてがわなければならない。尿は新たにそこから出てくるからだ。

癌がまだ小さいものならば全摘でなく部分切除で済むこともあるが、容量の小さくなった膀胱は尿を充分に貯め切れないから頻回にトイレに行くことになる。

かつて皮膚のデキモノを切除したことのある女性の父親が膀胱癌で、これは幸い膀胱内視鏡下に切除できるものだったから、膀胱それ自体を切り取ることなく、腫瘍だけを削り取る手術を繰り返している、と聞かされたことがある。

こちらへ来て公私共に親しくなった医者に、近在のN病院の副院長で泌尿器科医のWさんがいる。私より七、八歳年少で、十年来の付き合いだが、彼からよく前立腺肥大や膀胱癌の話を聞いていた。前者はペニスに内視鏡を挿入して尿道や膀胱に突き出ている前立腺を電気メスで切り取るものだが、後者に対しても、茎のあるものは可及的電気メスで切り取るが、再発を繰り返すこともままあってモグラ叩きの様相を呈することもある云々。

しかし、彼も六十代後半になって消極的になり、ここ一、二年は手術はもう手がけていない、県立淡路医療センターに回している、と言っていた。

と、なれば、同センターを受診するしかないのか、と、暗澹たる思いに駆られた。

午後は診療がなかったので自宅に戻り、上梓間近な原稿の校正ゲラに目を通し始めたが、気持ちが落ち着かない。一時間も目を通したところでペンを置き、Wドクターに電話を入れた。膀胱癌の手術、先生はもうやっておられないですよね？　と。

「そうですね。医療センターにお願いしてますね」

との返事に、一瞬絶句し、呼吸を整えてから私は二の句を継いだ。

「実は患者は私なんですが……」

「えっ!?」

と驚きの声。かくかくしかじかで腎癌は否定的だからまずは膀胱癌ではないかと思いましてね、と私。すかさず、

「じゃ、すぐに来てください。ウチに優秀なエコーの技師がいますから、彼に診てもらいますよ」

とW先生。

地獄で仏に出会った思いに駆られ、私はすぐさま家を飛び出した。緊張のせいか尿意を覚えたが、膀胱のエコー検査では膀胱にしっかり尿が貯まっていることが必須だから、こらえて車に乗った。

N病院へは二十分かかる。尿意はその間にいや増して、到着時には爆発寸前だったが、ギリギリ間に合って、検査室に直行、ベッドに横たわった。

技師は感じの良い壮年の男性で、N病院に勤めて八年になるという。

技師の背後でW先生が画面に目を凝らしている。私は頭の位置にあるそれにそっと流し目をくれる。

診療所のエコーよりも大きな画面に映し出された膀胱に、その底部を突き上げている大きな前立腺が見て取れた。一年程前、私が自分でエコーを当ててがって見た時より肥大している。

しかし、数時間前見たカリフラワー様の異物は見当たらない。

「癌は無いね」

とWドクター。

「前立腺の中葉が腫れ上がっているかな？　それに細かい石があるね」

技師が頷く。私は二人を抱きしめたい衝動に駆られた。

膀胱癌と誤認したのは、結局、前立腺の中葉で、細かい石がそれを掠めて出血をもたらしたのだろう、ということだった。

前立腺の腫瘍マーカーＰＳＡが10と高値を示していた。三カ月前、診療所で検査した時は5だから倍になっている。

話は遡るが、このPSAが十年程前、19.4にまで跳ね上がり、てっきり前立腺癌と思い込んで目の前が真っ暗になったことがある。正常値は4.0までだ。尤も、その一、二年前頃から夜中に尿意で目が覚めるようになり、自分でエコーをしてみると前立腺が腫れていた。しかし、癌を疑わせる所見はない。PSAを測ってみると4.8とほぼ正常域だったから、前立腺の肥大による上昇と自己診断した。

尤も、埼玉時代に知己を得た私より三歳年長の外科医B先生は、前立腺肥大ということでその筋の薬を服用していたが、PSAが6.0に上昇したのでおかしいと思って泌尿器科を受診、前立腺の数ヵ所をつまみ取る生検を受けたところ、一部に癌が見つかり、悩んだ末にホルモン療法を選んだ。少しでも正常値を外れたら生検を受けた方がいいですよ、とアドバイスを寄越してくれた。

だが私は様子を見ることにした。何人もの患者でPSAの高値を見ており、正常値を超えて右肩上がりにこれが上昇して行く患者はW先生に精密検査を依頼し、ほとんどが癌と診断されたが、正常値の二倍三倍を呈しててっきり癌かと疑われるものの、本人がもう少し様子を見させて欲しいと訴えれば、では三カ月後にもう一度と言って返した患者が次に測ってみると少し下がっている。更に三カ月後測るとまた上昇している。強いて精密検査を勧め、W先生に紹介状を書くが、意外にも〝白〟。八ヵ所生検しましたがどこにも癌細胞は見出されませんでした、と返ってくることがままあった。

お隣の調剤薬局の薬剤師さんもPSAが10前後から20にまで跳ね上がったのでW先生に紹介、生検を受けたが異常細胞は見出されなかった。PSAはその後も20前後を行ったり来たりした。

三カ月後、私のPSAは10に半減していた。

癌ならばまずこういうことはなく、右肩上がりに上昇して行くはずだ。胸を撫でおろした。四カ月後、PSAは更に半減し、ほぼ正常値に達し、その後は

4〜5に落ち着いている。

当診療所に着任以来、癌患者は二百人近く発見し、前立腺癌の患者も二十人ほどいるが、ホルモン療法や放射線療法で全員軽快し、死亡した者はいない。

だが、前立腺治療は術後半年近く尿失禁に悩まされるようで、パンパスをあてがわなければならない。それよりも深刻なのは男性機能を失う（ＥＤ）ことで、その筋の薬を内服しても回復しないらしい。

癌患者になった訳ではないから、彼らの悩み苦しみを十二分に理解することは叶わないが、癌に対する恐怖ばかりは共感できたように思う。

癌を体験してこそ患者の痛みを極自然に自らの痛みとして感じ、患者に寄り添える医者になれるとは思うが、下手をすれば、その時点で医者稼業にも終止符を打たなければならない。数カ月も診療所を閉ざすことはできないから、急遽私に取って代わる医者を募集することになるだろうからだ。幸いにしてすぐに応募してくる医者がいたとして、私が復帰するまでということでは承諾しないだろうから、役場としては私に辞表を求めざるを得ないだろう。

医者は健康でなければ務まらないが、健康な医者には病者の苦痛が分からない。痛し痒しである。


選歌者の評。

「『今一つ』がもどかしい気持ちを表している。実体験がなければ患者の身になって悩むことは不可能だ。という医師の述懐は重い」

第六章　独裁者考

マックスとアドルフ
—その拳は誰が為に—
大鐘稔彦
下
MAX SCHMELING
& ADOLF HITLER
文芸社

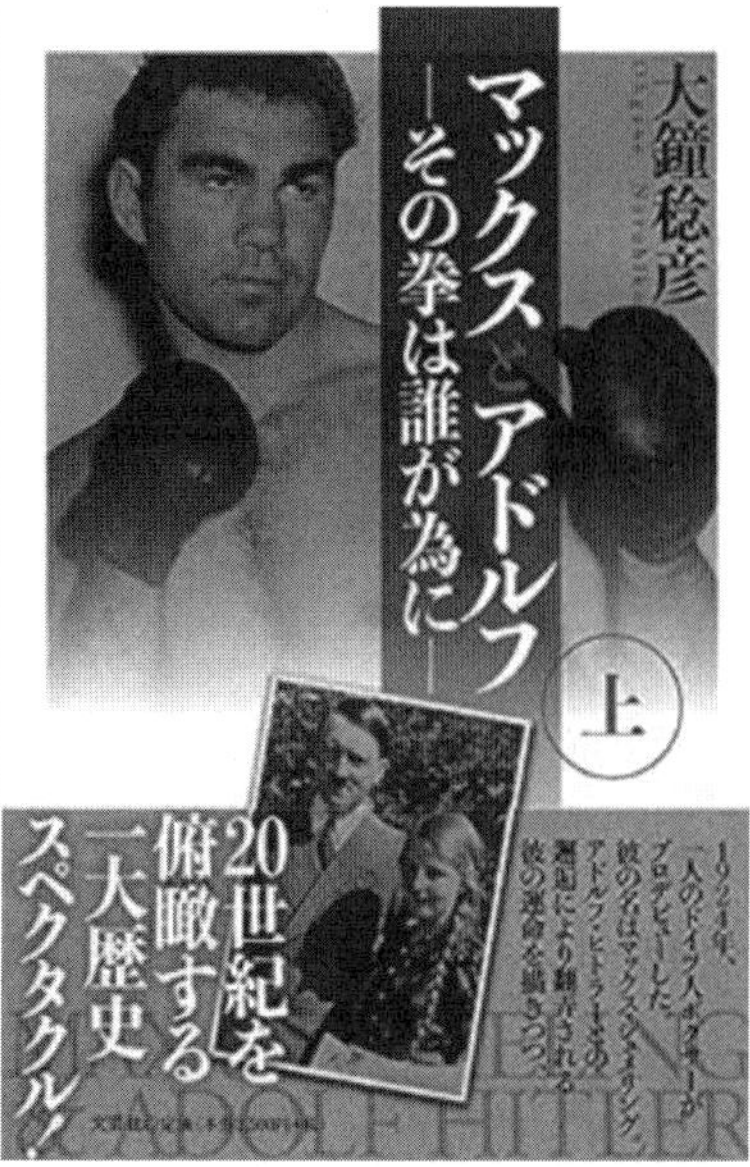
大鐘稔彦
マックスとアドルフ
—その拳は誰が為に—
上
20世紀を
俯瞰する
一大歴史
スペクタクル！

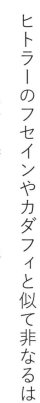

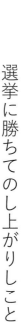

★ヒトラーのフセインやカダフィと似て非なるは選挙に勝ちてのし上がりしこと

ひと頃、私はよくヒトラーを歌にした。きっかけは、読売新聞が月に一度設けている「追悼抄」なるコラムに登場した一人の人物に興味を抱いたことに始まる。

その人物とは、ドイツが生んだボクシングのヘビー級チャンピオン、マックス・シュメリングである。彼は一九三六年、ヒトラーが政権を奪取して三年後、破竹の勢いで連戦連勝を遂げていたアメリカのジョー・ルイスを倒してドイツ人としては初のヘビー級チャンピオンになった。自伝『我が闘争』の中で、ボクシングこそ国民が等しく身につけるべき男らしいスポーツ、と推奨して止まないヒトラーはシュメリングの快挙に喜び、対ルイス戦のフィルムを取り寄せてドイツ各地で上映させた。

ユダヤ人への迫害を知ったアメリカがその年ベルリンで開催されるオリンピックをボイコットする動きを見せていることを感知したヒトラーは、アメリカを宥めるべく親善特使としてシュメリングを派遣した。

シュメリングは母国を離れてアメリカで第二のボクサー生活を送っていただけに、母国での政治情勢には疎かったのだろう、ユダヤ人への迫害などないというヒトラーの言葉を鵜呑みにしてアメリカのオリンピック委員会の首脳陣に掛け合い、ボイコットを思い留まってくれるよう説得した。

アメリカが誇るヘビー級チャンピオンを破ったドイツ人ボクサー、まして、ニューヨークのユダヤ人協会が敵視するナチスの派遣した人間の話などにまともに耳を傾ける必要はないと力説する委員たちもいたが、委員長のブランデージ他数名は、恐らくシュメリングの爽やかな風貌、誠実な人柄に好感を覚え信頼も寄せたのだろう、多数決の結果、一票差でオリンピックに参加することを決定した。

ヒトラーはシュメリングの功績を讃え、彼に勲章を与えようとするが、ナチスのその後の動きに疑問を覚え始めていたシュメリングはこれを拒否、ナチスの党員になることも拒む。

かくしてヒトラーとの関係はこじれ、実績のある高名な芸能人やスポーツマンは免除されるはずの兵役につかされ、落下傘部隊という第一線の現場に送り込まれる。

幸か不幸か、重症を負い赤痢にも罹って本国へ送り返されたシュメリングは、第二の人生をスタートする。アメリカのコカコーラボトラーズ社が敗戦後のドイツにも進出し、フランクフルトに支社を設けたが、その責任者に抜擢された。

ボクサーは比較的短命だが、シュメリングは何と、第二次大戦終結の直前自決したヒトラーのほぼ二倍を生き、百歳で没した。

読売新聞の追悼抄で彼の波乱の人生を読み知って、私の物書きとしての血が沸き立った。シュメリングとヒトラーを主人公に一篇の小説をものしたい、と。

一つには、私が昔からボクシングに目がなく、日本人ボクサーのタイトルマッチはもとより、カシアス・クレイなどテレビで放映される外国人ボクサーのタイトルマッチも欠かさず見るボクシングマニアであったことも影響している。

シュメリングを書くからには当然彼のリング上の闘いも書かなければならない、それにはボクシング用語をふんだんに駆使しなければならないが、数十年に亘ってボクシングの試合を見てきた私には雑作のないことだった。

それにしても、シュメリングが活躍した時代はまだテレビが普及していなかったから日本で彼のことを知る人は皆無に近い。ましてその伝記を書く者など、これまた皆無であったろうから、どこから手をつけたらよいか迷った。一方で、ヒトラーは知らぬ人などいない二十世紀最大の超有名人であるから資料は山程あろうと思われた。分けても、彼が躍進を遂げるきっかけとなった自伝『我が闘争』を読破しなければと思った。

前者の問題は意外なことから解決した。年余の友人で私の著作にはほとんど目を通してくれ、その都度忌憚のない感想を寄せてくれていた横浜に在住のEさんが、私の意図を知るや、お得意のネット検索からシュメリングの自伝があることを突き止め、取り寄せて送って下さったのだ。

シュメリングは母国語のドイツ語で自伝を書いたに相違ないが、Eさんが送ってきてくれたのは英語版だから、英米の作家が翻訳したものであろう。平易な英語で、衒いもハッタリもなく淡々と綴られていて、一文一文に留まらず、行間からもシュメリングの人柄が伝わって来て魅了された。ヒトラーとの関わりは後半に出てくるが、シュメリングと彼の妻でチェコの女優アニー・オンドラに対するヒトラーはあくまで紳士的でストイックな人間で、知られざる一面を垣間見る思いであった。

当然ながら、伝記にはシュメリングが対戦した相手はもとより、当時のボクシング界に台頭していたボクサーらが登場する。そのボクサー達の伝記本で邦訳されたものがあり、これらを読む必要にも迫られた。

〝ホロコースト〟が代名詞にもなっているヒトラーの意外な一面を知って、彼の生いたちから掘り起こして調べる気になった。膨大な自伝『我が闘争』も手に入れた。彼がカソリック教会の少年聖歌隊の一員に加わって音楽に目覚めたことをこの自伝で知ったが、最も感銘を受けたのは、少年の日ワグナーの歌劇を上演する州立のオペラ劇場の立見席を競い合ったことから友情を結ぶに至ったクビツェクがヒトラーの没後著した「ヒトラーの青春時代」である。ほとんど唯一無二の友人で、故郷オーストリアの片田舎リンツを飛び出してウィーンに行き美術学校への入学を志したヒトラーは、音楽学校に入ったクビツェクと共同生活を始めるが、美術学校の受験に二度失敗した挙句、クビツェクが帰省中に忽然と姿を消してしまう。腑に落ちないクビツェクはあちこち探し回るが一向に消息を掴み得ず、失意のまま諦める。その実ヒトラーは、さ程遠からぬ所で、得意の絵を描いて仲買人に売ってもらい小銭を稼いで何とかその日その日を過ごし、時にはカソリックのシスター達が貧乏人に街角で提供するスープに与かって飢えを凌いでいたのだった。

『我が闘争』には、若い日の辛酸を舐め、ひと方ならぬ苦労を強いられたことはほんの少し書かれているが、クビツェクについては一言も書かれていない。

クビツェクは念願の郷里リンツの市役所の吏員となり、音楽を通じて知り合った女性と結婚し、子供にも恵まれ、幸せな日々を送るうちにヒトラーとの不幸な別れのことも忘れ勝ちになっていたが、十数年後、仕事でウィーンに出向いた折、一枚のポスターにふと目を奪われる。新興の政党の党首アドルフ・ヒトラーの演説会を告知するものだった。

写真のアドルフは、十八歳で別れた時の痩せこけた面影はなく、恰幅の良い大人の風格を持った人物で、覚えのある幼馴染とは別人に思われた。美術学校には入れなかったが、絵と音楽の才能には非凡なものがあると思っていたから、その方面で一角の人物に成っていることは考えられても、よもや政治家になっているとは思えなかった。〝アドルフ〟も〝ヒトラー〟もドイツではそんなに珍しい名前ではないことと相俟って、同姓同名の別人だろうと思いその場を立ち去った。

だが、それから十年後、アドルフ・ヒトラーは政権を奪取、宰相に昇りつめる。天地がひっくり返るほど驚いたクビツェクは、居ても立ってもおられなくなり、無性にアドルフに会いたいと思ったが、自分が名乗り出ることをアドルフは喜ばないだろう、それこそ、そんな男は知らぬと一蹴されかねないとの思いが勝って踏み切れないでいた。だが、遂にある日、意を決して手紙を送る。しかし、なしのつぶてのまま徒に時が過ぎ、すっかり諦めていた折しも、「懐かしい友よ」と書き出されたヒトラー直筆の手紙が届いて驚き感激する。手紙を送って実に八カ月後のことであった。

クビツェクの自伝の白眉とも言える再会の時がかくしてもたらされる。ヒトラーがもし自分の不遇の時代を唯一知る幼友達の登場を快く思わず、彼を無視し続けたとしたら、私の創作意欲はガクンと落ちたであろう。しかし、ヒトラーがクビツェクを受け容れ、側近たちが彼に近付くのも許し、クビツェクの音楽の才能を見込んでナチスの福利厚生施設である歓喜力行団へ誘い入れながら、ヒトラー自らはクビツェクにナチスの党員になることを一度たりとも強要しなかった、等々の事実を知るに及んで、俄然創作意欲をかきたてられた。マックス・シュメリングも魅力的だが、アドルフ・ヒトラーにも魅せられたのである。

かくして、文献集めとそれを読破する期間を含めて、足掛け三年余りを費やして三千枚の長編「マックスとアドルフ―その拳は誰が為に」を書き上げた。八年前のことである。

選歌者の評。

「ヒトラーはまさしく民主選挙で選ばれた。ドイツ国民はヒトラーが大好きだったのである」

★フセインは何となくオーラがあったと言ふ
吾娘の言ひ草に半ば頷く

イラクで権勢を振るったサダム・フセインは、政敵を次々と葬って力づくでのし上がった独裁者だが、米軍のピンポイント作戦によって居所を突き止められ、遂に囚われの身となり、絞首刑に処せられた。

その前だったか後だったか、東京に住む長女が冒頭のようなことを言った。電話でのやり取りのさ中である。

中東の男の特徴で、濃い顔の持ち主だが、堂々たる体格と相俟って、フセインはいかにも男臭かった。彼の前に立つものは、その押し出しと炯炯たる眼光に威圧されたことであろう。

人によっては、わけてもフセインを毛嫌いする者は〝悪党面〟ときめつける
だろうが、長女はどうやら彼の容姿に男らしさを感じ取ったようだ。
だがまさか、〝オーラがある〟という至上の誉め言葉がその口から出るとは
思わなかった。
（なかなか見る目がある！）と、その瞬間思った。良からぬ奴だが貫禄ばかり
はある、と、テレビでフセインを見る度嘆息をつくものがあったからだ。
法廷で弁明を許されることもなく、早々に絞首刑を宣告され、二〇〇六年十
二月二十日、刑は執行された。首に縄をかけたアメリカの死刑執行人は汚い罵
声を浴びせたが、フセインは動じた風もなく、最後に短い祈りを唱えて目を閉
じたという。
フセインはそのように男気を感じさせたが、彼の息子たちは親の威光を鼻に
かけ、横暴を極めたようだ。オリンピックで敗れたレスリングの選手の耳を切
り落としたというから呆れる。逮捕された息子たちの住まいからは、敵国アメ

リカのポルノ雑誌やアダルトビデオが山ほど見つかったというから、その品性の卑しさも推して測られよう。

ことに長男ウダイは親の威光を笠に着て若い時からやりたい放題で、高級車を乗り回し、女性を車に引き込んではレイプを重ねたという。不肖の息子もいいところだ。


拙歌を〝selection〟のコーナーで取り上げて下さった選者はこんなコメントを書いて下さった。

「捕らえられてからのフセインの顔には、頑固な信念を持つ双の眼がくわっと見開いていて、鬼気迫るものがあった。〝言ひ草〟が言い得て妙。世情へのはばかりがある。親としてはたしなめなければいけないが、そうは思いつつ、娘に同調するに吝《やぶさ》かでない微妙な心理が伺える」

選者はご婦人だが、実に的を射た評であった。

第七章　還暦の春

★小春日の日だまりに身を浴すれば　我にも死ぬ日来るとは思へじ

もう三十年も前、私がまだ埼玉の病院の責を担っていた頃、七十代後半の男性D氏が外来に現れ、いきなりこう切り出した。

「自分はある病院で末期の肝硬変だと言われた。それまでは近くの診療所で診てもらっていたが、肝臓が悪いとは一度も言われなかった。その医者の手ぬかりだと思うから訴えてやりたいと思っている。ついては御協力願えないか」

鼻息は荒いが老人の顔色はくすんでおり、心なしか黄ばんでいる。彼の言う通り本当に肝硬変の末期なら、肝臓内に樹枝の如くめぐらされている胆管がつぶれて細くなり、胆汁がスムースに流れなくなってウッ滞し黄疸を呈してくる。

つまり、見た目にもはっきり眼や皮膚が黄色いと分かるが、老人の眼も皮膚もさほどではない。

医療訴訟は近年増加の一途を辿っている。私の知人で専ら医療訴訟を扱っている弁護士がいるが、依頼が殺到して断るのに一苦労だとぼやいていた。

医療訴訟は訴えられた医療者があっさり非を認めて賠償に応じれば事は早いから弁護士としても楽だが、自分に落ち度はないと医療者が開き直れば厄介なことになり、弁護士だけでは対処し切れなくなる。当事者以外に、原告の訴えが正当なのか否か、被告人に確かに落ち度があったか否か、第三者の意見（証言）を求める必要がある。いかに医療訴訟専門の弁護士と言えど、医療の専門家ではないからだ。

しかし、大抵の医者、殊に自分の持ち場で多忙を極めている者はこの種の相談に快く応じることはない。弁護士なら一時間の相談に数万円の報酬を依頼者に請求するだろうが、第三者の医者が相談に乗っても代価は零で、徒らに時間を浪費するばかりだからだ。

弁護士も節度のない人間が少なくなく、たまたま同県人、同じ高校の後輩だから知己を得たいと言って近づいて来た弁護士がいたが、ある医療過誤事件を引き受けることになった、ついては原告の訴状が正当なものか否かご判断願いたいとの添え書きと共に、患者の病歴、カルテの写しなどをどさっと送り付けてきた。私は院長兼外科のチーフとして猛烈に忙しい日々を送っていた矢先だ。原告に同情は覚えるものの、所詮は赤の他人、惻隠の情までは覚えないし、何より、人の都合も聞かず、まずはこれを読んでくれとばかり大部な資料を送って寄越した弁護士の不見識に腹が立った。爾来、この人とは距離を置くことにした。

私に協力してくれと言ってきた件の老人の厚かましさにも腹立たしいものを覚えたし、見るからに頑固一徹そうだから関わりたくないと思った。それでなくても、彼の余命は知れている。精々二、三年、いや、もっと早まるかもしれない。その残された日々を裁判沙汰で費やしては安らかに成仏できないだろう。医療訴訟は、明らかに原告の訴えに正当性が認められても、簡単には決着しない。手術ミスで患者を死に至らしめたとか重い後遺症を残してしまったという場合は比較的早目に医療者側が非を認めて示談金を支払う場合があるが、それにしても数年掛りだ。

Ｄ氏の場合、診断が遅れたから肝硬変が進んでしまったというケースは、医療者側にもかなり言い分がありそうだし、何よりＤ氏は私の所へ連絡もせず、いきなりやって来てひとしきりいきまくだけの元気さを保っているから、原告、被告の応酬は一度や二度では済むまい。何度も裁判所に通っている間に、Ｄ氏の命は燃え尽きてしまうだろう。

身内であれ、他人であれ、人に恨みを抱いたままこの世を去らねばならないことほど哀しいことはない。残された歳月の一日一日は貴重だ。恨みつらみを残したままあの世へ行くことは、借金を残して旅立つようで後腐れが残って、そのことを知る家人や友人達にもしこりを残す。

私が協力は出来ない旨告げると、Dさんは諦めきれない表情を見せたが、やおら懐から小さな紙片を取り出した。何やら文字が記されている。

「先生も文学に造詣が深いとお見受けしたが、私も長年俳句をやってましてな。これはあるところで特選を取った句です」

差し出されたものを見て、私は一瞬目を疑った。

日なたぼこ　我が長命を疑わず

率直にいい句だと思った。特選に選ばれたのも宣なるかなと。

Dさんを目の前にしていなければ、作者は穏やかな人柄で、小春日和の陽光を浴びていると「ああ自分は年を取ったがまだまだ生きられる」との感慨をかみしめている好々爺を思い浮かべただろう。そのイメージと、藪医者を訴えてやるといきまいてきた人物との齟齬に戸惑った。

この人は自分の寿命が近く尽きるとは思っていないのだ。医者はかなりシビアなことを言ったと思うが、真に受けていない。つまりは病識に欠けている。末期の肝硬変の身で医者を相手にケンカを売ろうとしている。

小春日和のポカポカとした陽光に身を浸していると、世の中は明るく、死が間近に迫っているなどとは到底思えないのだろう。D氏の年配になった今にして、彼の心境は痛いほどよく分かるのだが。

彼とは正に一期一会で、その後の消息は不明である。

★森繁の「社長シリーズ」他愛なきも憂さ晴らしにはこれに如くなし

森繁久彌という名を初めて知ったのは学生時代であった。京都で下宿生活を送っていた私の唯一の楽しみはラジオだった。

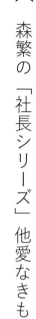

確か、夜遅くからの放送であったと思う。「日曜名作座」という今に続く長寿番組を知り、僅か十五分のそれに聴き入るようになった。驚いたことに、森繁久彌と加藤道子の二人が、男女それぞれ数人の役を声色を変えて使い分けていたのだ。

折しも放送されていたのは石光真清の「曠野の花」であった。原作者も作品の名も知らなかったが、日清、日露戦争を挟んだその生涯はまさに波乱万丈、ノンフィクションなだけに訴えるものがあって、一日とて聞き逃せなかった。加藤道子も勝れた声優に相違なかったが、話術という点では断然森繁久彌だった。声の使い分けも、森繁に一日の長があった。

「曠野の花」の印象があまりに強烈だったために、長い間私は森繁をラジオの人、つまり声優だとばかり思い込んでいた。

ところが彼は俳優でもあったのだ。それも脇役でなく主演を張る大物であった。初めて見たのが、淡島千景とのコンビで話題を呼んだ織田作之介原作の「夫婦善哉」で、女房の内助の功に縋る駄目男はうってつけの役柄であった。尤も、映画館ではなく、ずっと後になって、テレビの放映で見たものだ。昭和三十一（一九五六）年の作だから、私は当時まだ十三歳の中学生、映画と言えばたまに洋画専門の映画館へ従兄を誘って行くくらいだった。

黒縁の眼鏡と口髭が似合って貫禄十分、その押し出しの良さと社長というステータスで女性にもて、自らも助平根性丸出しで女性に迫るが最後は部下がしゃしゃり出ておじゃんとなる喜劇「森繁社長シリーズ」はサラリーマン世代にもてはやされ人気を博していたようだが「夫婦善哉」と同じ頃に作られている。森繁は四十代前半から半ばにさし掛かっていたが、大阪の大店《おおだな》のドラ息子の軟弱なイメージは一変、サラリーマンの憧れる社長が正にはまり役であった。

しかし、前述したように私の関心は専ら洋画で、「三銃士」の一人ダルタニアンを気取って見るものと言えばその筋の映画に限られていたから、社長シリーズは眼中になかった。

それが何故見るようになったのか？　端的に言えば暇を持て余した、いや、もう少し正直に言えば、やる瀬無い思いを紛らすためであった。

平成六年の夏、私は責を担っていた病院から解雇され、浪人の境涯に追いやられた。いきさつは既述した通りである。

何でその存在を知ったのかは記憶にないが、森繁の社長シリーズのＶＨＳを買い込んで自宅のテレビにかけて見たのである。

他愛のない、結末は紋切り型のドタバタ劇であったが、芸達者な俳優たちの演技に笑わされた。尿意を催してトイレに走ったものの先に人がいてつかえている、身悶えしながら必死になって腰を屈めたり、下腹に手をやってグルグル動き回ったりしてこらえる三木のり平の演技が圧巻であった。実際の撮影現場でも余りに真に迫っていて居合わせた共演者が抱腹絶倒したため何度もＮＧになったという。

社長秘書を演じた小林桂樹も適役であった。余談になるが、彼は年を取るにつれ渋味を増したいい顔になり、演技力も冴えて名優と謳われる存在になった。名脚本家倉本聰のシナリオになるテレビドラマ〝赤ひげ〟で、主役の新出去定《にいできょじょう》に抜擢されたが、正にはまり役で、映画の〝赤ひげ〟を演じた三船敏郎よりも印象深かった。

他にフランキー堺、加藤大介等、個性的で芸達者な俳優たちが持ち味を発揮して飽きさせなかった。

喜劇は笑っておしまい、余韻を残さないから、束の間の憂さ晴らしにはなったが、心に沁みて人生観を一変させてくれるものではない。当然ながら落ち込んだ奈落の底から這い上がらせてくれるものではないが、当時の私にはそうでもしなければ気の晴れる間がなかったのだ。

因みに、今は書庫の片隅に眠っている社長シリーズのＶＨＳは十二巻あり、全部見たはずだ。よくも見たりである。

★子らは皆思ひ通りにならずして
還暦の春を寂寂と迎ふ

私には子供が四人いる。男女二人ずつで、うまく生み分けましたねと言われるが、格別の作為を弄した訳ではない。

結婚したのは三十三歳、遅い方だった。それはさておき、必ず発せられるのが、皆さんお医者さんになられたのでしょうね、という言葉だ。確かに、医者の子は医者になることが多い。看護師の娘の多くが看護師になるようなものだ。

幸か不幸か、私の子供達は誰も医学の道に進まなかった。元妻は看護師だったが、娘達も看護師という選択肢は微塵も思い浮かべていなかった。

私は勤務医を続けてきたし、定年となっても開業する気はさらさらなかったから、跡を継いでもらう必要もなかった。何より、医者になることよりも医者であり続けることの難しさを厭という程味わったから、子供達にそんな茨の道は歩ませたくなかった。

ところが、高校卒業を間近に控えながら大学へ行く意味が分からないと言い出して受験もせず、結局一浪の後に渋々受験、何とかそれなりの大学に入った次女が、卒業を控える頃になって突如医者になりたいと言い出したから驚いた。英語と国語には自信があると言うが、医学部は数学が必須だ。私学ではパスされる所もあるようで、現に、一度取材に来た某新聞社の女性C女が、母親が乳癌になったのがきっかけで医者を志し、それまでに貯めた一千万円をはたいて某私学を受験、早稲田大学を出ているということで学士入学の道が開け、面接と小論文で済んだお陰で無事合格を果たした。入学はしたものの、年六百万もの学費を自力で捻出するために家庭教師などのアルバイトに精を出さねばならず、学業との両立に四苦八苦したと聞いた。

次女の望みが唯一叶えられそうな道はC女が入学できたT大学くらいだが、年六百万もの学費は最低限で、住居他生活費も加えれば一千万円近くも要るであろう。そんな金は出せないから行くなら国公立大学以外は駄目と言い渡した。早稲田を出て新聞記者になったC女は柔道の心得があり、翌年開かれるオリンピックの柔道の取材に行ってくれと上から頼まれていた。

母親の病気がなければそちらに人生を賭けるつもりでいたという。女丈夫で上背こそないが、体格はがっちりしている。柔道は黒帯の有段者である。

片や私の娘は、これといった病気はないが、１６０㎝で50㎏あるかなしかの華奢な体付き、学業とアルバイトの両立などとても無理だろうと思わせた。

次女は私に似て熱し易く冷め易い性格だから、私のセーブにそのうちほとぼりが冷めるだろうと思っていたが、何と、翌春、国立大の金沢大学医学部を受験したと言うから驚いた。

無論、不合格だった。英語と国語は出来たが、数学がからきし駄目だったと。

数学がからきし駄目で次女が不合格になったことは、思えば当然であり、二度とそんな野心は起こすまいと思っていたら、何と、お父さんの知り合いでT大学の医学部に学士入学で入ったという人を紹介して欲しい、一度会って話を聞きたい、と言って寄越したから驚いた。

学会か何かで上京した折、その頃は既に新宿のテナントビルの一隅で診療所を開いていたC女に連絡を取り、かくかくしかじかだから次女があなたを訪ねて行くかもしれないが話を聞いてやってくれるか、と打診した。いいですよ、いつでもどうぞ、と返ったので彼女のクリニックの住所と電話番号を次女に教えた。

暫くして、お嬢さんと会いました、とC女から連絡があった。私の入った大学の門は開かれているから、そこへ入れなくはないだろうが、入ってからが大変、自分のように学費も何も自力で賄おうとしたら、余計なことは一切考えないで、ひたすらアルバイトと学業に専念しなければならない、それこそ歯を食い縛り、何が何でも医者になるんだ、恋愛や結婚になど一顧だにせずね、て言ったら、苦笑いをして、そこまでの覚悟はない、結婚願望もあります、て答えたから、そんな甘っちょろいことじゃとてもじゃないが初志は貫徹できない、途中で投げ出すことになる、それくらいなら始めっから諦めなさい、って、少々厳しいことを言っておきました、と。

私はC女に感謝した。果せるかな、彼女が据えてくれたお灸は効果てき面、次女は二度と医学部受験云々を口にしなくなった。

安堵した半面、一時の熱病さながら次女が医学部を目指したのは、父親が医者であり、私の医者としての生き様に感応してくれたからだろうと思ってちょっぴり嬉しかった。事実、彼女は横浜のフェリス女学院を卒業後、医学部に入り直したいと言い出した頃、私の着任先の淡路島に妹と二人で訪れた時長女がこんなことを言った。

「前はお父さんのことを批判していた癖に、この頃暁子は何かと言うとお父さん、お父さんなのよ」

私への批判と言うのは、私が近所の父親のように陸すっぽ家庭サービスをしないことに対してだった。その点は長女も同じで、「お父さんのような人とは絶対結婚したくない。あたしは休日に近所のお父さんのように家族連れ立ってドライブや買い物に連れて行ってくれる家庭的な人と結婚するんだ」などと母親に愚痴っていたらしい。

実際私は、彼女達が物心ついた時にはしがない中小医院の院長兼外科部長として超多忙な日々を送っていた。平日帰宅するのは夜遅くなってからだし、休日も一度は病院へ重症患者の回診に行ったし、家におれば原稿に向かっていたから泊りがけで家族旅行をすることはついぞなかった。つまり、家庭サービスはゼロに近い夫であり父親だったのだ。

開業医ならば、診察室に出入りしなくても白衣姿の父親を日に一度は見かけるだろうし、夜間急病人が訪れたり、あるいは往診を依頼され、聴診器を手に、白衣をまとって家族の団欒から席を外す父親の医者としての姿を垣間見るだろうから、自ずと父親に対する尊敬の念が生じ、ひいては、自分も父親のような医者になりたいとの思いを抱くに至るだろうが、悲しいかな、勤務医は子供達に白衣の背中を見せることはまずない。

ましてや私は医者と物書きの二足の草鞋を履いていたから、家庭サービスを犠牲にせざるを得なかった。

自宅から遠く離れた僻地に単身赴任したことはその極みだったろう。尤も、その頃には、彼女達は父親に家庭サービスを求めるような年齢ではなくなっていた。成人し、社会人になっていたからである。

自分が何故医者を志したのか、私は子供達に語って聞かせた覚えはない。密林の聖者アルベルト・シュバイツァーの話をしても、はるか昔に故人となっている人物のことなど現実感を覚えないだろう。まして家にいた時は、近代的な病院でシュバイツァーとは裏腹に手術という血腥い仕事に明け暮れていたのだから。

　その父親が忽然と家から消えて自分達は行ったこともない僻地の医者になったことに、娘達、ことに次女は何か胸に響くものを覚えたに相違ない。いわば、父親を見直してくれたのだ。医学部に入り直したいと彼女が言い出した時、滅相もないことと思いながらちょっぴり嬉しかったのは、そんな意志の疎通を感じ取れたからである。

　選歌者はこう評してくれた。

「還暦を『寂寂』として迎えるという感慨がひとつある。これだけでも頷く読者は多いことだろう。一首は、まず上句のような思いを述べる。これも身につまされる人が多いはず。境涯詠として味わい深い作品」

　付記することを忘れた。上の句のやる瀬なさは、評者も指摘してくれたように、私ばかりではない、知人、友人でかみしめている者も何人かいる。

　父親が私の知る限りすこぶる優秀な男で、京大の工学部に現役で入りながら卒業して医学部を受験、これまた現役で入ったという離れ技の持ち主、母親も高校の数学の教師をしていた才媛、さぞや二人の子は優等生だろうと思いきや、長男はまあまあだが、次男はからきし数学が駄目で二流の大学しか入れなかったという。この後輩はひとしきり子らのままならぬことをぼやいた挙句、知れる限りの同業者（他ならぬ医者）の話に及び、子供が三人いればまず一人はおかしな子で親を嘆かせている、俺だけじゃないと知って慰められている、と苦笑の体で語ってくれた。私もそれを聞いて少しばかり慰められた。

世の中には信じ難い程恵まれた垂涎の的としか言い様のない人がいる。

昔、小学校を出て三十年振りに、かつての同級生の誰が音頭を取ったか知らないがクラス会を提唱、二十名ばかりの、中年に及んだ男女が集まった。

中に一人、河合孝子が加わっているのを知って私は少し胸がときめいた。その姓の通りかわいい女の子で、年に一度の学芸会で彼女は白雪姫に抜擢された。私は多少ながら紅顔の美少年を任ずるものがあったから、ヒロインの相手役のヒーローである王子に選ばれるものと期待したが、担任が指名したのは、熊本から転校してきたばかりの中島という少年だった。確かにハンサムボーイだった。父親は後に某生命保険会社の社長になったが、ロマンスグレイの男前で、オフィスラブで結ばれた母親も美しい人で、結婚した時両親は美男美女のカップルと謳われた由、中島君は得意気に話したものだ。

河合孝子は美少女だったが、成績は女生徒三十人中五、六番手でさほど目立たなかった。

三十年振りのクラス会に集まった面々が誰誰であったかは定かに思い出せない。覚えているのは河合孝子がいたことだけだ。

四十半ばになった彼女に昔の面影はなかった。髪も無造作に肩先に垂れているだけ、相変わらず小柄で、少女がそのまま大人になった感じだった。愛くるしかった目鼻立ちは色褪せていた。一瞬、昔胸を焦がしたその人とは分からず、自己紹介の段に及んでやっと（ああ、白雪姫のあの彼女）と思い至ったくらいだ。それとなく横顔に目をやったが、生彩のないその顔は誰を見るでもなく、虚ろだった。

彼女が立って自己紹介兼近況報告に及んだ。私は耳を疑った。飛んでもない言葉が発せられたからだ。

「子供は三人います。皆東大に入りました」

集まっていたのは昔通った小学校の一教室で、クラスメート達は思い思いの席に座っていた。河合孝子は一番後ろの席についていたから、彼女を見るには大方の者は顔を後ろにめぐらさなければならなかった。私はやはり後方の席にいたから出席者の様子を見渡せたが、河合孝子のこの自慢めいた、正にこれを言いたくて出かけてきたと思われる発言に座は白け、感嘆の声を挙げる者は一人もいなかった。

私はその瞬間羨望に駆られたが、次の瞬間にはすっかり興醒めの思いで、ほとんど無表情の彼女を唖然として見やっていた。

俄かには信じられなかった。当時のクラスで断然トップだったのは江上生子、父親は名古屋大学、後には東大教授にもなった生化学者だ。これに続くのはやはり女生徒が二人ばかり、男生徒の二、三人がそれに続き、河合孝子はかわいさが目立つばかりで、男女共五、六名ずつ大体成績順に選ばれる学級委員にも選ばれなかった。

江上生子の子供なら東大に入っても不思議ではなかったが、河合孝子の子供が揃いも揃って三人とも東大に入ったなどと、だれが信じられただろう。もし、紛れもない事実としたら、彼女の功ではなく、夫になった男の〝種〟が余程優秀だった賜物で、彼女はただその勝れた〝種〟に畠を提供し育てただけで、自慢する程のことはなかったのではあるまいか。そう言えば彼女は、夫も東大出のエリートだと言ったような気もする。

第八章　定年延長いつまで？

★あと二年七十歳でキッパリと この診療所に別れ告げなむ

この歌を詠んだのは六十八歳の時だったようだ。それからほぼ十年余、八十路を過ぎた今尚、歌に反して私は同じ診療所に勤めて、勤続二十五年目に入っている。数年前、二十年以上の永年勤続者として国民健康保険診療施設協議会から表彰を受けた。

いわゆる僻地医療に携わる医者だ。全国で八百人くらいいるようだが、当診療所の歴史が示すように、長期間腰を据える医者は少なく、表彰を受けたのは全国で三十八人、私のいる兵庫県では僅か三名で、ここ五、六年は該当者がなかったという。

既述したように、役場の吏員の定年は六十歳だが、医者は六十五歳となっている。その年になった時、近くの病院で非常勤医として勤めてもいいなと思っていたが、内規を変更します、あと三年続けてもらえますかと役場から打診され、二つ返事で承諾した。

六十八歳になった時、更に勤務の継続を求められた。その頃にこの歌を詠んだのだから、そう思わせるだけの理由があったはずだが、今となっては思い至らない。診療所の勤務に格別飽いたわけでもないし、三十年履き続けてきた二足の草鞋の一つ物書きの作業が、もう一方の草鞋（他ならぬ医者稼業）を脱ぎ捨てねばならない程忙しくなった訳でもない。この歌を詠んだ四年後には年甲斐もなくアキレス腱断裂という大怪我を負ったが、当時の持病としては高血圧と前立腺肥大くらいで診療に支障をきたす程のものではなかった。

強いて言えば、この地における自分の存在価値がさ程のものではなかった、この辺で身を引いてもいいだろうと、そんな感傷に浸る日が多くなったからかも知れない。
この歌と共に、次のような拙歌をこの月の歌誌に送っている。

過疎の地と思ひて来る診療所
近辺に開業医あまたをり

十年余に見つけし癌は百余り
病者の七割逝きて還らじ

平成十七（二〇〇五）年に四町が合併して南あわじ市が誕生したが、その六年前に私が着任した時、診療所は市立でなく町立であった。診療所は海と山に囲まれた地にあり、住民の大部分は漁か農作業に従事している。

僻地指定を受けていたから、文字通り過疎の地と思ってきたが、一年にも満たず辞めてしまった前任者の跡を引き継ぐまでに三カ月のブランクがあったためか、患者は隣の町の開業医に移ってしまっていた。

新しい医者が来て診療所も開かれたと知って大方の患者は戻ってきたが、それでも日に訪れる患者は精々二、三十人だった。私の主な職場は瀬戸内の海に面した漁村地帯の阿那賀診療所で、ここが唯一かと思ったら、もう一ヵ所行ってもらわなければならない所があります、と言って役場の課長に案内されたのが、山間部で米や玉葱を業とする農村地帯に建つ伊加利診療所だ。こちらは隔日の午後に診療をお願いしたいと言われたが、週三日のうち一日はまるで患者が来ない日もあり、他の二日も多い時で十五人程度、少ない日は五、六人しか来なかった。

伊加利診療所でできる検査と言えば心電図と胸部写真、それに血液検査くらいで、胃や大腸の検査が必要とみなされた患者は車で十分の阿那賀診療所に来てもらわなければならなかった。尤も、ご多分に漏れずこの地域も高齢化社会で、六十代は稀、七十代、八十代がほとんどで、高血圧、高脂血症の慢性疾患患者ばかりだったから、慌てて精密検査が必要な患者はまずいなかった。血圧を測り、「ご機嫌いかが？」と尋ねるくらいで終わる。張り合いがないことこの上なかったから、伊加利診療所に通うのは些か苦痛であった。殊に夏は紫外線除けの施してない軽自動車で往復するから、日焼けして厭だわと看護婦も嘆いていた。

診療所にはデイサービスの施設が併設されていて、阿那賀診療所と掛け持ちの看護婦一人の他、四、五人のヘルパーが詰めていた。利用者は延べ十数名いて、体調を崩したから診て欲しいという利用者がたまにいた。

診療所の前には広い駐車場が設けられていて二十台ほどの車で空いたスペースがないほどだったから、これだけの患者が来てくれればやり甲斐があると当初は思ったが、とんだ勘違い、車の主はほとんどが、診療所とデイサービス施設の隣、10メートルばかり隔たった所にある入浴施設の利用者だった。

伊加利診療所に初めて赴いた日、いきなり、その入浴施設の職員から「すぐ来てください」と呼び出しがかかった。入浴者の一人の老人が気分が悪いと言ってへたり込んでいます、と。救急医療に長年携わってきた私としてはこうした急患はお手のものだ。

七十代かと思われる男性が浴場の洗い場に寝かされていた。脈は弱いがちゃんと打っている。浴槽の湯に手を入れてみて驚いた。熱い！　聞けば四十二度あるという。冬のこととて温まりたいのは分かるし、年寄りは大体冷え症だから熱い湯を好むが、適温は精々四十度、理想的には三十九度だ。

高血圧持ちの患者に熱すぎる湯は危ない、特に長湯は禁物だ。真冬に入浴中死亡する者は年間一万人近くあると言われている。大体風呂場は、ことに田舎では家屋の隅の寒々とした所にしつらえられている。体が冷えると血管が縮むから血圧が上がる。脱衣場で裸になれば尚更だ。寒いからさっと湯をかけただけ、中にはいきなり浴槽に飛び込む輩もいる。すると、一気に血圧が下がり、意識がもうろうとなる。それを心地良いと感じているうちはまだしも、やがて意識が薄れ、浴槽に知らず知らず顔を埋めてしまうのである。

その老人も意識もうろうとしていた。熱い湯につかり過ぎ、のぼせて血圧が下がったのだ。急遽看護婦と一緒に脱衣場に引き摺り出し血圧を測ってみると、上が80、軽いショック状態だ。活を入れて目を覚まさせ、冷たい水を飲ませる。昇圧剤を点滴注入するまでもなく老人は正気に返った。

私は浴場の管理者に、四十二度は熱過ぎるから下げるようにと指示して脱衣場を出た。

休憩室の長椅子にいた何人かの男女の老人が私に気付いて「あ、診療所の先生だ」と物珍し気にこちらを見たから、会釈を返した。すると、声を放った老女が続けた。

「わたしゃ、診療所には行かへんのや」

耳を疑い、

「えっ、どうして？」

と返すと、老女は続けた。

「診療所の先生は色々代わったけれど、皆すぐに怒るんや。こっちは何で怒られなあかんのかちっとも分からへん。その点開業医さんは優しいし怒らへんからな」

むっと来たが、そこは何とかこらえて作り笑いを返しただけでその場を去った。

新任の医者の腰を折る大層なご挨拶だ。この地が過疎だからと意気込んで来たのに、この地のために建てられた公的な診療所を利用せず遠隔の地の開業医の許へ馳せるとは！

開業医が優しいのは当たり前だ。短気を起こしてすぐに怒鳴ったり、上から目線で見下すような態度だったら、患者はすぐに離れて行き、商売上がったりになるからだ。

損得抜きで診療に当たる開業医は滅多にいない。医院を開くに当たっては億単位の金を金融機関から借りるのが常で、一年程の猶予は許されても、その後は毎月の返済に追われる。どんな良心的な医者でも赤字が嵩めば心穏やかではいられなくなる。少しでも収入を上げることに心砕くことになる。〝仁術〟をモットーに開業しても、尻に火が付けばなりふり構わず〝算術〟に走り、患者の被爆もものかは、CTを何度も撮ったり、三、四カ月に一度でいい血液検査を毎月行ったりするのである。

そのくせ患者が他の開業医にかかっていたことを聞くや、途端に気分を害し、その開業医の悪口をまくしたてる医者もいる。よその医院にかかるなら自分の所へは二度と来るな、とその場で患者を追い返す医者もいる。

開業医ではない公的診療所の医者は町や市の公務員で月々一定の給料を与えられており、患者が減っても自分の懐が痛むことはない。どうせ給料は同じなんだから患者は少ない方が楽でいいと考える不届きな医者がいないとも限らない。と、なれば、聞き分けのない患者に苛立って怒鳴りつけることがあるかも知れない。

私は部下の医者や看護婦に声を荒立てたことはあるが、患者にそうしたことは記憶にない。しかし、当地に来て暫くは、何度も腹を立てそうになったことがある。

とにかく敬語がない。年長者ならまだしも、私より年下の患者が、「お早う」と言って入ってくる。「〝お早う〟はないだろう。〝お早うございます〟とか、〝宜しくお願いします〟と言うべきだろう」と返したくなるのを幾度こらえたことか。中には無言でのそっと入って来て、「宜しく」とも何も言わず憮然たる表情で椅子に腰を落とす者もいる。

言葉遣いは乱暴だが人間は悪くないよ、という慰めの言葉に頷けるようになるまで数年は要した。

血圧を測ってご機嫌伺いの会話を交わすだけでやり甲斐のない伊加利診療所の勤務も、本家の阿那賀診療所に専念したいから診療日を減らして欲しいと再々役場に訴えて徐々に減らしてもらい、この短歌を詠んだ頃には週に一度となっていた。

古稀に及んで延長された定年の期限が切れたが、役場から引導は渡されなかった。常勤職は解いて属託扱いとさせてもらうが、診療所長の肩書はそのままで勤務を続けて欲しいとの沙汰。二年前の決意はどこへやら、これにも二つ返事で承諾、今日に至っている。

この十年余の間に眼科、皮膚科の単科開業医が近くにでき、皮膚病で通っていた患者の半数はそちらへ移り、新たな皮膚病患者も、従来なら私の所へ来たはずが、専門医指向で開業医を受診するようになったりで、患者は減る一方。加えて地域の高齢化が進み、自力で診療所へ通えなくなったり、転倒して大腿骨骨折を起こして寝たきり状態になったり、膝や股関節の変形が進んで人工関節を入れなければならなくなって島外の病院に入院する患者も増えてきて、診療所に定期通院する患者はがた減りになった。

子供や若者の数も減った。診療所の近辺数キロ以内に幼稚園と小学校がそれぞれ三校あったが、令和元年の時点で残っていたのは伊加利幼稚園のみ、他は廃校となって一隅に公民館の看板が立てられただけである。

淡路島の人口は、私が着任した当時は十五万人強あったが、現在では十四万人を割ろうとしている。

私の住む南あわじ市の阿那賀地区は、平成十一年には一八五一人いたが、二十年経た令和元年には一二九六人に減少、隣の伊加利地区も五九二人から四〇八人と減っている。

着任した当初はころころと医者が代わる診療所への不信から患者は一日二十人程度で暇を持て余したが、今度来た医者はどうやら長続きしそうだ、年も年だからこの地に骨を埋めるとも言っているそうだと、口コミが効いたのだろう、徐々に増えて、三、四年も経つ頃には一日六十人の患者が訪れ大忙しの日もあった。

拙歌を詠んだ時点で発見した癌患者は百名余と書いたが、昨年末時点では約二百名を数えるに至っている。しかし、早期癌の患者は少なく、よほど症状がひどくなってから家人に背を押されて来ることが多いから、発見時には手遅れ状態の患者が六、七割で、そうした患者は遠からず死を迎えるから、老衰で入院、ややにして死亡という患者と相俟って診療所のカルテ棚から消えて行く。

今では着任当時と同じ程度の患者数になり、今日は久々に忙しかったなと思われる日で精々四十人、張り合いがないことこの上ないが、それでも八十路を過ぎて辞めないでいる。

理由は張り合いのある患者が時にいるからだ。この十年余も、年間平均十人の癌患者を見つけている。他医にかかっても発見されたかも知れないが、私なればこそ見つけられたと自負できる患者もたまにいる。

癌患者の治療は二次医療機関に委ねざるを得ないが、診療所で発見し治療までやってのけられる患者もいる。急性心不全、肺炎、不整脈などの患者だ。前任の医者の多くはこうした患者を診断がついた時点で即病院に送ってしまっていたようだが、私は極力通院で治すように努めてきた。

今一つは、小手術ながら外科の心得がある私なればこそやってのけられる外傷や良性腫瘍の患者がまま診療所を訪れるからだ。もう十年近く前になるが、右目の近く瞼の下にできた皮膚癌を切除したこともある。私が終の住処を置く土地でカフェを営む中年の男性で糖尿病も発見、今にして月に一度通ってきてくれている。

つい数年前にも、十年程前脳卒中で半身不随となり、爾来ほぼ寝た切りの八十三歳の男性の仙骨部の皮膚がただれ、当初は褥瘡《じょくそう》かとみなされたが、皮膚癌と判明、10×8㎝程の広さなので、これを切除した後反対側の臀部の皮膚を欠損部に移植した。昔取った杵柄である。診療所でここまでやって頂けるんですね、と、八十歳近いが甲斐甲斐しく夫の世話をしている奥さんが喜んでくれた。島外に住む息子さんも礼を言いに来てくれた。

こうした医者冥利に尽きる患者がいる限り、さびれる一方の田舎でも医者稼業はやめられそうにない。

第九章　臨床医で初の文化勲章受賞者

推薦の序

聖路加看護大学学長　日野原　重明

大鐘稔彦医師は、京都大学医学部卒業の外科医である。関西の病院で研修を終えて上京されたことがきっかけで、私が彼の先輩であることから東京で知己となった。

彼は昨年まで、大宮市の西大宮病院長の要職にあって、技術の磨かれた外科医として地域医療の第一線で活躍するとともに、「日本の医療を良くする会」を地域住民と医療人との合体で推進されてきた情熱的な臨床医である。

最近、私は「癌の告知」と題する論文や本に少なからず接するが、本書は癌の告知をせまられた十五症例の真実のケースレポートである。このなかには告知が是とされた個々の症例が詳しく報告されている。その症例分析の前に、著者が扱われた約二百名の癌患者の中から、自分が癌と知った患者、二十四例についての一覧表が示されている。そこには病

i

★生き様も長命も見事日野原翁人の一生かくあらまほし

東京は築地にある聖路加国際病院の院長兼看護大学長を長年務めた日野原重明氏は私の母校の先輩である。

父親が牧師であったことから、氏もクリスチャンになった。京大には〝地塩寮〟というクリスチャンの学生寮があり、在学時代氏はそこに住んでいたと、〝地塩寮〟に一年ばかり起居していた私の同期生から聞いた。

母校の関連病院である神戸製鋼病院で二年の研修を終えようとしていた私は、聖路加病院に勤めたいので外科部長に紹介してもらえないかと、母校の大先輩というだけの伝を頼りに日野原さんに手紙を出した。

氏は当時、新設成った看護大学の学長の座にあった。

すぐに、取り敢えず上京されたしと返事を下さった。

春まだき三月初旬、修学旅行以来行ったことのない東京の地を踏んだ。

日野原さんは学長室に端然と座していた。思ったより小柄な人だった。広い部屋に、新任早々で収まり具合が悪いのか、幾らか背を屈めていたせいもあったようだ。

日野原さんは一九一一年生まれ、私が上京したのは一九七〇年だから還暦間近の年だった。

机の上には私が出した手紙が置かれていた。改めて読み返してくださったのだろう。

「消化器外科を専攻したいんですね？」

と氏は念を押すように言った。そうですと答えると、

「外科部長の牧野先生に君の意向はざっと伝えてあるから相談するように」

と言って卓上の電話器に手をやった。携帯電話などまだなかった時代である。

外科部長の牧野さんは下の名が〝永城《えいじょう》〟といった。後で調べたところでは東大出身と知れた。五十歳くらいであろうか、眼光炯炯とした精悍な顔つきでいかにも外科医の風貌である。しかし、物腰は柔らかく、親切にも病院を隈なく案内してくれた。

礼拝堂に差し掛かった時「僕らには関係ないがね」と言った。意外だった。何派かは知らないが、キリスト教系の病院に相違なく、日野原さんを始め、勤める医師や看護婦は皆クリスチャンだろうと思っていたからだ。

私は神戸の病院での二年間の研修医期間に経験した手術例を一覧表にしたものを牧野さんに差し出した。

牧野さんはそれに一瞥をくれてから、徐《おもむろ》に口を開いた。

「うちはレジデント制を敷いていて、六年間研修してもらうことになっている。

研修医の給料は無給ではないが一般病院より安い。その上毎日のスケジュールはハードで、朝は七時半から外国文献抄読会で始まる。

問題は、あなたは既に二年間の研修を終えているが、だからと言ってレジデント三回生に組み込めるかと言うと、他のレジデントの手前、そうはいかないような気がする。一年猶予して二回生から始めてもらうか、すっきりするのは一回生からやり直してもらうことだが、どんなものだろう？」

思わくと外れた。朝七時半の出勤も外国文献抄読会にも抵抗はないが、新卒者と並んで一からスタートということには抵抗があった。

「よく考えさせてもらいます」

と答えて退いた。

選択肢がいまひとつあった。母校の同期生からの誘いだ。彼は研修を終えて内科医として琵琶湖のほとりの町立病院に勤めている男だが、外科のスタッフの一人で若手の医者が辞めて二人だけになっている、友人に心当たりがあれば声をかけてみてくれるかと部長から頼まれている、来ないか、と。

この同期生は同じ名古屋人で、家も隣町にあり、小、中、高、大と、これも同じ学校に学び、中学では隣のクラス、高校では一年間同級だったという因縁浅からぬ男で、文学や音楽の趣味にも似通ったものがあった。

聖路加には未練があったが、やはり一から出直すということには抵抗があって、親友の提示してくれた選択肢を選んだ。

日野原さんとはそれで一期一会かと思ったが、そうはならなかった。十年後に再会、少なからぬ縁を頂くことになる。

私が聖路加を訪れたその月の末、驚愕すべき事件が起きた。〝赤軍派〟を名乗る青年達による〝よど号乗っ取り〟だ。東京発福岡行きのJAL351便に、日本刀、鉄パイプ爆弾で武装した九人の共産主義者同盟の若者が乗り込み、北朝鮮へ進路を変更することを求めた。その便に日野原さんは乗っていたのだ。

乗客の命には代えられないと、石田機長は命じられるまま機首を北鮮に向けた。

赤軍派の面々は国内での逮捕を免れて国外へ亡命することが目的だったから乗客を殺傷する気はなかった。それどころか、うろたえる乗客をなだめようと、数冊の文庫本を掲げ、読みたい者は名乗り出るようにと言った。

日野原さんは手を挙げた。そして選び取ったのがドストエフスキーの「カラマーゾフの兄弟」だった。若い日に読んで感銘を受け、自分もこんな魂を揺さぶる小説が書ける文士になりたいとさえ思った本だ。

この逸事を後日新聞や週刊誌の記事で読み知った時、日野原さんとは一脈通じるものがあると思った。私もドストエフスキーに心酔し、彼が処女作「貧しき人々」で二十四歳にして文壇に出たことを知って、私も二十四歳までに世に出なければと、医学部専門課程に進んだ二十歳の折、休学届を出し、比叡山の麓の下宿に閉じこもってひたすら原稿に向かうという無謀な行動に走ったことがあったからだ。

「カラマーゾフの兄弟」に没頭することによって日野原さんは恐怖から解放さ

れ、落ちつけたという。粋な計らいを見せた乗っ取り犯に、自分達を殺傷する意図はないと知れたこともあろう。

とまれ、よど号は北鮮に向う途次韓国の金浦空港に着陸し、乗客を解放した。九死に一生を得た日野原さんは、医学の研究よりも、生命の尊さを説く真の医療者に変貌した。

聖路加を断念して滋賀県湖西町の町立高島病院に移った私は、そこで三年半を送った後対岸の長浜赤十字病院にこれも同期生に誘われるまま転じ、二年をそこで送った後、ひょんなことから関東の一民間病院の院長にとの話が舞い込み「鶏頭となるも牛後となるなかれ」の意気込みで母校の庇護を断って勇躍箱根の山を越えた。昭和五十二（一九七七）年のことだ。

着任した病院は三階建て、六十八床の安普請もいいところの単調な建物で、天井は低く、肝心の手術室も狭く、それまで勤めた病院のゆとりのある造りとは雲泥の差だった。おまけに、創設されてまだ四年そこそこだというのに、東京女子医大消化器病センターの練士を終えた四人の精鋭による外科病院と銘打ち、同センターの創始者で理事長の中山恒明によるテープカットで華々しくスタートを切りながら、早々に仲間割れを生じて一人去り、また一人去りといった具合で、西川口市でさっさと開業してしまったU医師一人が理事長として残っているのみという惨状、病院の方は土地を提供して理事に納まっていた地元の不動産業者が三顧の礼を尽くして某大学から派遣してもらった内科医が唯一の常勤医として、一日五、六十人ばかりの外来患者と、二、三十人の入院患者を診ていた。日当直は大学医局の若手の医師に託していたから、失費は相当なもので、給料は何とかかつかつ支給していたが、ボーナスは雀の涙ほどしか出せず、先行きに不安を感じて次々と職員が辞めていっているような状況だった。

母校の関連病院では責任の無い立場にあったからでもあろうが、医局内部の人間関係の悩みはあったものの、金銭に関するそれは一切なかった。研修医生活を送った神鋼病院では、医局会となるとベースアップの景気の良い話ばかりで、先輩の医者達の顔はいつも綻んでいた。

元々金銭には関心も欲も薄い人間だったから、胸を膨らませて赴いた新天地の病院が金にまつわる問題で四苦八苦し、もし私が引き受けなかったらオーナーはもう病院を閉めようとまで思い詰めていたと聞いて、日本の医療界の底辺にはこんな病院もあるんだ、自分はいかに井の中の蛙であったかを思い知った。日本の医療の現実を一から勉強し直さなければと思った。

私が母校の庇護を絶つことを決意したのは、信頼していた教授に裏切られたことがひとつ、上司や部下との確執に疲れたことがもうひとつ、更には、トップに立たなければ自分がこうと信ずる医療理念を実践できないとの思いが募ったためだった。

例えば癌の告知問題がそれだ。〝死に至る病〟と言われていた癌は、患者本人には事実を告げてはならないとされていた。手術で根治が期待される比較的早期の癌に対しても「難治性の潰瘍だから」くらいのムンテラ（説明）で手術を納得させた。それで押し通せればいいが、問題は、手術もできないか、手術はしたが癌を取り切れず、根治が望めない患者だった。退院の許可がおりないそうした癌患者は、最初のうちは「潰瘍なんだから早晩良くなるだろう。食事も普通に摂れるようになるだろう」との期待を抱いているが、一向にその気配がなく、食欲は薄れ、体重はどんどん落ちて骨が浮き出して来ると、さすがに疑心暗鬼に捉われ出し、本当は恐ろしい癌ではないのかと、それとなく主治医や看護婦に鎌をかけて白状させようと試み出す。もうその頃には死が目前に迫っており、そうと分かれば整理しなければならないことがらが山とあるのに、結局何も手を付けられないまま最後の時を迎えてしまう。

「いつ食べられるようになるのか？」

「そのうちに」

医者との問答が食事のことだけに終始して人生が終わってしまう。人間の生き様としてそんな最後は間違っている、そもそも病気は患者本人のものだから、事実を知る権利があるはずなのに、事実を知れば患者は絶望し自殺しかねないから隠すに如かずという暗黙の了解事項のようなものを遵守《じゅんしゅ》して患者の〝知る権利〟を奪い、癌を潰瘍と偽り続けてよいものか、癌患者に突っ込まれてたじたじとなるのが厭だから回診もさっさと済ませて病室を出てしまう、医者や看護婦と患者との関係はそんなことでいいのか、いやいいはずはない、というのが私の下した結論だった。

しかし、母校の病院全体が告知はタブーとしていて、当然ながら関連病院の医者も暗黙の了解事項として告知をタブーとしている以上、私が病院長なり外科のチーフでもない立場で告知に走る抜け駆けは許されなかった。

着任した翌年、私は「日本の医療を考える会」を起会、まずは内輪の勉強会から始めた。軌道に乗ってきたところで外部にも呼びかけ、講師には時代の先端を行く職見を持った人々を呼んだ。

錚錚たる人物が、一面識もない私の申し出に二つ返事で了解の旨返してくれた。癌の告知問題をテーマにした勉強会では、アメリカの留学から帰って北里大学の形成外科の教授に着任していた塩谷信幸氏にトップバッターを依頼した。氏を知ったのは某新聞のコラムに載った氏の文章を読んだことがきっかけだった。氏は、米国では癌の告知は当然のように行われている、癌であるのに潰瘍だからそのうち治るなどと御為ごかしの説明をしたら患者は安心して手術や抗癌剤を受けようとしない、何故ならアメリカには保険がないから医療費がべらぼうに高く、よほどの金持ちでなければ高額な治療を受けようとしないからだ、一方で、良性の病気だと思い込んだ患者が適当な治療を受けず放置していれば確実に弱っていく、おかしい、悪性のものではないかと気付いた時には既にのっぴきならない状況になっている、患者も家族も、真実を告げなかったからだと医者を咎め、医療訴訟に及ぶ、日本もいずれそうなる、病気を知ることは患者の権利であることを医療者は認識しなければならない、等々、私が思っていた通りのことを話され、意気投合した。

何人目かの講師に日野原さんを頼んだ。十年前に外科部長への仲介の労をお願いに上がった人間を覚えていてくれ、これまた二つ返事で承諾して下さった。日野原さんは後に小学児童を相手に「生命の授業」を始められたが、この時の講演のテーマも「生命の尊さ」であった。

これがきっかけで、日野原さんは「日本の医療を考える会」の顧問も引き受けて下さり、さては、その後出版した二冊の小著に推薦の辞も寄せて下さった。

講演に来て下さった時、氏は六十五歳であったから、普通なら定年退職し悠悠自適の生活に入っていてよい年齢だったが、聖路加看護大学長の要職にありながら現役の内科医として外来診療、病棟回診をこなし、後進の指導にも当たっていた。傍ら、頼まれればどこへでも快く講演にでかけた。

「生活習慣病」と人口に膾炙《かいしゃ》されるに至った病名の名付け親は日野原さんである。

それやこれやの活動が評価されて、臨床医としては初の文化勲章受章者ともなった。

そんな日野原さんを、一体いつまで現役を続けられるだろうかと興味津々眺めやっていたが、老いて益々盛んになり、瞠目の限りだった。講演の依頼は引きも切らず、何でも二年先まで手帳はスケジュールでいっぱいだと聞いた。

私の病院へ来てくれた時もそうだったが、日野原さんは講演の時、原稿やスライドを用いず、ぶっつけ本番で滔滔と喋る。

私も時に講演を頼まれることがあるが、スライドを用いなければ到底順序立てて話すことはできない。それに、七十歳を過ぎた頃からは、一時間半立っているのがやっとで、腰は痛くなるは声はかすれてくるはで、もう二度とこんなしんどい思いはしたくないと思うようになった。

ところが日野原さんは八十歳になっても、驚くことには九十歳に及んでも一時間、時には二時間、壇上を動き回りながら喋り続ける。さすがに背は丸まり、首も傾いたままになって体は縮んで行ったが、声には張りがあり、途中でとちったり、つかえたりすることもなく、理路整然と講演を終えるのだ。

白寿に及んでさすがに立っての講演は無理となり、車いすの助けを借りるようになったが、頭脳の衰えは感じさせなかった。

結局日野原さんは百五歳で長い生涯を終えた。直前のインタビューで、幾つになっても死ぬことは怖いと答えていたが、最後は多分穏やかに息を引き取られただろう。

高齢者が大部分の当診療所では「どうにかして楽に死にたいが、どうしたらいいだろう」とよく聞かれる。私の答えは決まっている。日野原さんや、少し前に話題になった人では名古屋の金さん銀さんのように、とにかく長生きすることだ。そうすれば老衰の果てに、枯木が朽ちる如く、たとえば椅子にかけて本か新聞を読んでいる間にポックリ逝けるよ、と。

私自身、そんな風に最後を迎えられたらいいと思っている。だから日野原さんの生き様死に様は理想の極みなのである。

第十章　阿那賀診療所の日々

★診療所にかつて通ひし患者らの訃報の看板辻辻に立つ

当地へ来て驚いたことは幾つかある。先にも書いたように、敬語がないことがその一つ。次いでこの地域独特の言い回しである。一言で言えば〝淡路弁〟ということになるが、その代表的なものが「ようなかった」である。着任してまだ一年そこそこのある朝、診療所に出勤するや否や、この地の出のベテランの看護婦が「〇〇さん、ようなかったそうで……」と話しかけてきた。外来で隔週に通っていた患者だ。私はてっきり、体調が急に悪くなって救急車でどこぞへ運ばれ入院したのかと思った。ところが、どうもそうではないらしい。救急車で運ばれたことには相違ないが、そのまま呆気なく死んでしまったというのだ。つまり「ようなかった」とは「死んでしまった」の意だったのだ。〝死〟という言葉は不浄不吉だからということで遠回しにそんな言い方をするようになったのだろう。

この言い回しはその後何度も耳にすることになるが、まだ死ぬには早いと思われた患者が「ようなかった」と聞かされても、咄嗟には「死んでしまった」ことにつながらず、狐につままれる思いをすること再々であった。

これはいわゆる〝淡路弁〟のほんの一つで、都会で五十五年暮らした私には耳新しい言葉が再々出て来て、その度に聞き返してはノートに書き留めることにした。

この地域、ことに漁村地帯の丸山地区には敬語がないと書いたが、もうひとつ違和感を覚えたのは女性同士の会話で、年下のものが年長者のことを「〇〇ちゃん」と〝ちゃん〟付けで呼ぶことだ。都会ではこういうことはまずない。「〇〇さん」だ。ところがここでは親子程年齢差のある五十代と七十代の女性同士の会話で、前者が後者を「○○ちゃん」と名前で呼ぶのだ。若い看護婦まで老女の患者を〝ちゃん〟付けで呼ぶのを聞いていて、微笑ましくもあるがやはり違和感を禁じ得ないのだった。さすがに二十年も経った今となっては耳慣れてきたが。

高齢化が進むにつれ、当然亡くなる人も増える。診療所に通っていた患者ならば大概いついつに亡くなったという情報は耳に入るが、そうではない、少し離れた地域の見知らぬ人の死も淡路では知れるのだ。

辻辻にそれを知らせる看板が立つからだ。故人の氏名はもとより、喪主の名、通夜、葬儀の日時が縦書きされている。どうやら葬儀屋がしつらえるらしい。看板にその名が記されている。

葬儀屋も私が来た当時は二ヵ所くらいしかなかったが、その後は二つ三つ増えて、過当競争気味だ。看板は多い時は三つくらい並べて立てられていることもあるが、精々数日置き、時には一週間まるで見ないこともある。月に何件の葬儀があれば採算がとれるか知らないが、葬儀場が潰れて消えたとは聞かないから、それなりにやっていけているのだろう。

看板は葬儀屋の宣伝も兼ねているのだと了解したが、それにしてもこの種のものを目にするのは初めてだったから、これも驚きであった。

もっとも、コロナが流行りだした頃からは、看板を出して公けに知られることをよしとせず、こっそり内輪だけの家族葬で済ませる遺族も増えているようだ。

私が終の住処を置く晴海ケ丘という土地に別荘を持っていたF氏は、狭い京都の実家ではなく海を見晴るかす別宅で最後の時を過ごしたいと家人に言い、私に最後の脈を取ってもらいたいと申し出られた。音楽をこよなく愛し、別荘にはピアノや照明付きの舞台をしつらえて時折音楽家を招いてミニコンサートを開く洒脱な人だったが、胆嚢癌が肝臓にまで浸潤して僅か半年の患いで他界された。享年七十六。臨終間際の一週間は毎日看護婦と共に往診し、家人も付きっきりで身の回りの世話に当たった。通夜、葬儀もこの別荘で家人他数名の友人だけでささやかに営まれた。棺や坊さんの手配だけを葬儀屋に頼んだ。無論、地元の人間が葬儀屋に依頼する立て看板もなかった。

Fさんの荼毘《だび》に随行するまで、私は当地（南あわじ市）の火葬場がどこにあるか知らなかった。患者が時折「後はもうヤワタへ行くしかないか」と捨て台詞を残していくのを聞いて〝ヤワタ〟は多分漢字で〝八幡〟と書くのだろうが、それが奈辺にあるか定かに知らなかった。

Fさんの遺体を乗せた霊柩車の後について行って初めてその場所を知った。時々その一隅にある書店をのぞきに行く、車で十五分程のスーパー「イオン」の前の道を少し行った所を右手に折れ、くねくねと続く細い道を登り詰めた所にそれはあった。掘立小屋のような小さく粗末な建物があり、家人はそこで待機してくれというわけだが、精々三、四人がかけられる程度の椅子しかない。

エアコンなどはないから気候の良い時ならいざ知らず、かんかん照りの真夏や寒風の吹き荒ぶ真冬にはとても耐えられないし、骨が焼けるまでの数時間を外で立っているのも辛そうだ。

その小屋の横に〝納骨堂〟と記されたコンクリートの筒状の容れ物がある。焼却炉から引き出された骨を近しい者から順ぐりに骨壺に納めるのだが、残った大きな骨を参列者が箸でつまみ上げて4、5メートル先のそこまで運び投ずるのである。

何とも侘しい風景で、こんな所で荼毘に付されるのは些か哀しいなという印象だったから、私は後日、もう少し温かな雰囲気のある広い火葬場を新たに作って欲しいと市長に訴えた。同じ思いの人が少なくなかったのだろう、そうした声に押されてか、昨年新しい火葬場が別の広い土地に誕生した。私は多分、近い将来、そこで骨になり、この地に骨を埋められることになりそうだ。

★寝たきりの妻を日毎に見舞ひ行く
米寿の人あり十年を経る

Gさんの妻幸子さんは、まん丸の体にまん丸の顔、リンゴのようなほっぺと明るい大きな目の持主で、診察室に入って来るなり辺りがパーッと華やぐ人だった。

いつもGさんとつるんで外来に現れた。二人は高血圧という共通の病を抱えていたが、幸子さんの方は肥満気味で、高脂血症、いわゆるメタボの薬も服用していた。

二人は平成十一（一九九九）年に私が当地に来て数年してから診療所へ通い出したが、同二十一（二〇〇九）年の冬、幸子さんは自宅で急に立ち上がれなくなったとGさんに訴えた。生憎診療所が休みだったため、一時的なものだろう、暫くすれば良くなるだろうと様子を見ていたが、そのうち幸子さんは呂律が回らなくなり、意識も朦朧とし始めた。これはいかんと急遽救急車を呼んだが、駆けつけてくれるのに大分手間取ってイライラしたという。

やっとのことで洲本の県病（現淡路医療センター）へ運んでくれたが、着いた時には幸子さんの意識は完全になくなっていて、手遅れだ、もう少し早く来てくれたらいい薬があったのにと言われGさんは愕然とした。

下された診断は〝脳梗塞〟。一週間後、打つ手がないから家へ連れて帰るか近くの病院に転移して欲しいと言われた。

I病院が引き受けてくれたが、保険の関係上三カ月で他に転じてくれと言われ、同じ民間のH病院へ移った。しかし、そこも四カ月が限度と言われまたI病院に戻った。

息子が尼崎にいて、Gさんの気苦労を慮ったのだろう、自分の近くの病院に移るよう言ってくれた。しかし、そこでの入院も四カ月が限度だったから、再び淡路島へ戻らねばならなくなった。幸い、新設のJ病院が長期無期限で入院させてくれることになった。

Gさんはそこへも毎日通い詰めた。高齢のため運転免許は返上していたからバスで通った。しかし、J病院へ直行するバスは地元の丸山からは出ていない。「陸の港西淡」という〝道の駅〟で乗り換えなければならない。路線の違うバスだから数十分待つことになる。それに乗り換えて十分程で降車、昔からある自転車置き場に息子が軽トラで運んでくれて備えてある自転車に乗って十五分、妻の終の住処となるだろうJ病院へ辿り着く。早朝五時に起き、J病院に着くのは四時間後だ。そこで物言わぬ寝たきりの妻の傍らで一時間ばかり過ごしてまた行きと同じ手順で帰って来る。

植物化してしまった幸子さんだから、語りかけても何らかの反応が返ってくる訳ではない。携えて行った新聞をおもむろに広げ、隅から隅まで読んで時間を潰す。バイタルを取りに来る看護師と二言三言言葉を交わすのが関の山だ。意識が戻り、手足を動かすことはもはや期待できないとわきまえている。

それでもGさんは日を置かずJ病院へ通い続けた。そうして数年を経た頃、「奥さんの様子はどーお？」と尋ねると、Gさんは破顔一笑してこう返した。

「それがね、少し変化が出てきたんですよ。少しだけれど体が動くようになったし、目も僕を追うようになったんです。僕が知らん顔して新聞を読み続けていると、あーとかうーとか、不満そうな声を放つようになったんです」

いかにも嬉しそうに話すGさんを見て、ああこの人は本当に奥さんのことを大事に思っているんだな、と、良き夫たり得なかった私は忸怩たる思いをかみしめる。

それにしても、Gさんもいい年だ。日本人男子の平均寿命は疾うに過ぎている。下手をすれば幸子さんより先に逝ってしまうかも知れない。幸い尼崎に息子がいるから後は何とかしてくれるだろうが、いつまでこの〝暗夜行路〟は続くのか、さすがに足取りが重た気になりつつあるGさんを見て、危惧の念が募って行った。

Gさんが外来に現れる度、私が尋ねるのは、三度三度きちんと食事を摂っているかどうかだった。

「ちゃんと摂ってますよ。苦じゃないですよ」

その度にGさんは力強く答えてくれる。

幸子さんの微々たる変化を、Gさんは心から嬉しそうに話す。自分から語ることはない。聞き手は常に私だ。月に一度外来に姿を見せるGさんに毎回尋ねることはない。三、四回に一度程度だ。そうして気が付いたら八年が経っていた。私は喜寿、Gさんは米寿に差しかかった。

「僕は家内に命をもらったんですよ。家内の所へ毎日通うことで僕は生かされているんです」

ある日Gさんは「奥さんの様子はどーお？」とか、「ちゃんとご飯を食べている？」とか紋切り型の私の質問に答えた後、暫く間を置いて、こう言った。

私は危うく落涙しそうになり、真っ直ぐこちらを見据えているGさんから思わず目を逸らした。

元号が改まった二〇一九（令和元）年の暮、いつもの通り妻の見舞いにJ病院を訪れたGさんは体調の異変を覚えた。三十九度の発熱と共に悪寒戦慄を来し、インフルエンザが疑われたがそれは否定され、診察したJ病院の医師の診断は「横紋筋融解症に脱水を伴うもの」だった。三年前、コレステロール、中でも悪玉のそれが異常な高値を示したので抗コレステロール薬のリバロを投与していたが、この薬の副作用として最も重篤なものに挙げられているのが「横紋筋融解症」だ。筋肉には横紋筋と平滑筋がある。前者は自分の意志で動かせる筋肉で、顔や四肢の筋肉、後者は自分の意志では動かせない内臓の筋肉だ。前者の唯一の例外は心臓の筋肉で、従って「横紋筋融解症」は命に関わる重篤な病気だが、抗コレステロール薬によるその副作用は数万人に一人か二人見られる程度だ。

横紋筋のダメージを示すＣＰＫなる血清の値が異常な高値を示していたというのでＪ病院の診察医はそう判断を下したようだ。ＣＰＫは心臓の筋肉に血が通わなくなる心筋梗塞などで高値を示すので診断の一つのバロメーターとされるが、Ｇさんは幸い心臓にはダメージがなかった。ＣＰＫの正常値は２００以下だが、入院当日は正常であったのが二日後には３４５１まで上昇していたという。抗生剤の服用により三日後に解熱、一週間後にはＣＰＫも正常域に戻り、十日後には試験的外泊を許され、更にその一週後、晴れて退院の日を迎えた。

数日後、さすがに体は細くなり、耳もやや遠くなった感じだが、元気な顔を見せてくれた。女房より先に死ねない、自分は彼女によって生かされているという断固たる思いがＧさんを蘇らせたのだろう。

「六十人いた小学校時代の同級生で、男は僕とＳだけになりましたよ」

Ｇさんはこうも言った。そのＳさんはほとんど寝たきりで、時々誤嚥を起こして熱を出し、その度に奥さんが電話をかけてくる。肺炎による熱で、抗生剤の投与により数日で軽快するものの、予断を許さぬ状況である。

三年ほど前、町のはずれの散髪屋から「Sさんが意識を失っています。すぐに来てください」と時ならぬ電話がかかった。外来診察中だ。患者さんには待ってもらうように言って急遽駆けつけて見ると、椅子に仰向けに上体をもたせた格好のSさんを、妻と散髪屋の主人夫婦がおろおろと見やっている。

確かに意識はない。しかし、脈も血圧も正常で、大声で呼べばうっすらと目も開く。Sさんはこれより数年前、脳梗塞で半身不随になったのだが、リハビリを頑張ってよちよちながら杖を頼りに歩けるまでになっていた。散髪屋はすぐ近所で歩いて行ける場所だ。

脳梗塞の再発とは思われない。果してややもするとSさんの意識は戻り、散髪は途中で切り上げることになったが、片手に杖、片手を奥さんに委ねて家に戻った。

それ以来、散髪屋は怖がってSさんを受け付けなくなったという。Sさんの体力も弱り、戸外に一人で出ることはなく、ほとんどベッドで寝たきり状態だ。Sさんに比べれば、Gさんの元気さは桁外れだ。早晩、Gさんが小学校の男子同期生で唯一の生き残りとなりそうだ。

年が明けた令和二年、思わぬ災厄が日本を、いや世界を襲った。新型コロナウイルスのパンデミック（世界的流行）である。

私は二月の末、郷里の名古屋で「安楽死と尊厳死」のタイトルで講演する予定だったが、二週間前、関係者から「申し訳ないが中止になりました」との連絡を受けた。名古屋ではまだ数名の感染者が出た限りだが、密室でのイベントによる感染の多発を危惧してのことだと。

確かに二月の末から三月にかけて、感染者は全国各地で増加し、糖尿病などの持病を持った高齢者が数日で死の転帰を辿り、人々を畏怖させた。中でも、コメディアンの志村けんがあっという間に死んでしまったことは、驚愕と同時に新型ウイルスの尋常でない脅威を思い知らせた。

四月に入って国は緊急事態宣言を出し、国民の行動に制限を設けた。医療機関でクラスター（集団感染）が発生したため、一般外来患者を受け付けなくなったばかりか、ほとんどの病院が家族の面会も禁止してしまった。

このとばっちりを受けて、GさんのJ病院通いも止められた。一週間に一度、着換えの下着を持って行くだけ、玄関先でそれを病院の職員に手渡してとんぼ帰りをするだけとなった。

五月二十九日、幸子さんの容態が急変したと告げられた。急遽、Gさんがタクシーで駆けつけた時には幸子さんはもう事切れていた。

コロナ禍に〝お百度参り〟さながら十年間続けてきた病院通いにストップがかけられ、挙句妻の臨終の場に立ち会えなかったことは、Gさんにとって痛恨の極みであったろう。

幸子さんはコロナウイルスによって死んだのではない。淡路島全体の感染者は十人にも満たず、南あわじ市では皆無だった。その後数名の感染者が出たが、いずれも若者で、軽症に過ぎている。

病妻の僅かな変化に喜び、それを張り合いに通い続けた日課を失ってGさんはさぞかしがっくりと来て診療所に姿を見せることもなくなるのではと案じたが、変わらず通い続けてくれている。

だが、心配事が一つふえた。前立腺の腫瘍マーカーであるPSAが徐々に上昇してきていることだ。エコーで見る限り、前立腺はむしろ小さめで、癌を思わせる所見はない。しかし、厳密には前立腺に肛門から鉗子を差し入れて最少でも八ヶ所から組織を採取する生検をしなければ癌でないとは断定できない。

前立腺癌は頸部の甲状腺癌と並んで、進行は遅い。五、六年経ってもさほど大きくならないケースもある。

治療の選択肢は幾つもある。ホルモン療法、放射線療法、手術療法等々。しかし、ホルモン療法以外は〝尿漏れ〟という不愉快な合併症が必至で、少なくとも半年、時には一年以上も常時パットをあてがわなければならない。男性機能もやられるが、そちらはもうGさんには問題とするに至らない。

米寿という年、よほど進んでも前立腺癌は他の癌に比べれば何ら苦痛となる症状をもたらさないことを考えれば、精密検査、更には治療を勧めるべきか否か、迷うところだ。

PSAは正常値が4.0以下だが、GさんのPSAはこの一年で5倍の20に達している。しかし、それくらいの値でも生検で癌が見出されない人は何人もいる。

肥大や炎症でもPSAは上がる。既述したように私も肥大があり、正常値の上限を超えて5.6を示している。いっとき19.8にまで上昇し、いよいよ来たかと観念したが、三カ月後、10.4に減少、更に三カ月後5.5にまで低下、癌ではないと自己診断し現在に至っている。

これも前に書いたが、隣の調剤薬局の前任の薬剤師は私より二歳若かったが、PSAが徐々に上昇し、20を超えたところでさすがに精密検査を勧め、近くの病院に紹介した。結果は〝白〟だった。PSAは20前後を行ったり来たりしたままだった。

そんな例に鑑みても、Gさんに精密検査を勧めることをためらっていた。三カ月後にPSAが著しく上昇しているようだったら勧めてみようかと。

ところが、その後暫くGさんは姿を見せなくなった。どうしたのかと案じていると、近在の病院から時ならぬ診療情報提供書が送られてきた。訃報の知らせだった。

夏の盛りのある日、デイサービスに行くつもりで家を出たらしいが、そのまま家の前でへたり込んでいるのをたまたま親戚の者が見つけた。家に入ってみるとクーラーも扇風機もなかったから日射病にでもなったのかと思ってデイサービス先の病院に連れて行った。そのまま入院となったことを、後日息子さんが知らせてくれた。
入院後は小康状態を保っていたが、年が明けて間もなく急変したという。
大動脈瘤破裂だったらしい。享年九十一。大往生と言えよう。

エピローグ　見果てぬ夢

大鐘稔彦
緋色のメス
上
Ohgane Naruhiko
幻冬舎文庫
大鐘稔彦
緋色のメス
下
Ohgane Naruhiko
幻冬舎文庫

★老いらくの恋にも似るか執念の
たぎる一事を我は秘めをり

当地に来て十年目の二〇〇九（平成二十）年、思いがけない朗報が舞い込んだ。それより五年前に上梓した小説「孤高のメス」映画化の話が東映会社から出版元の幻冬舎に持ち込まれたと、営業部長の小玉さんが電話をかけて寄越した。

「孤高のメス」は平成元年の秋から四年半に亘って集英社のコミック雑誌「B・J（ビジネス・ジャンプ）」に連載された「メスよ輝け！　外科医当麻鉄彦」を小説化したものだ。

「メスよ輝け！」は、単行本として十二巻出て、その後も八巻本、三巻本と子会社から出版され、累計八十万部のベストセラーになった。

お隣の小国台湾で既に十年前成功例を見ていながら、日本では昭和四十三年に敢行された心臓移植が失敗したことから、脳死者をドナーとすることも問題視され、脳死論議が沸騰するばかりで、肝移植にはなかなか漕ぎつけないでいた。

私はしがない民間病院の責を担いながら肝臓の手術を手がけていたが、肝臓外科の究極のゴールは、もはや回復が望めずいずれ機能廃絶に陥る定めの肝臓をそっくり新鮮で健康な肝臓と取り換える肝臓移植だと断じ、その手技をマスターすべく、当時世界で最も多くそれを手がけていたアメリカはピッツバーグのプレスビテリアンホスピタル（長老派教会病院）に飛んで年末から年始にかけての一週間の間に四例の手術を見学した。

アメリカは広い。脳死者からのドナー肝を得るために、飛行機でも片道四時間を要することがある。往復八時間だ。それにドナーから肝臓を摘出するのに二時間は要するから十時間。午前に出発してもドナー肝が届くのは夜になる。従って肝臓移植の手術は大概真夜中から始まり、最低でも八、九時間はかかるから、見学は徹夜であった。

見学後二年程して設立した病院にはドナー、レシピエントの手術を並行して行えるよう最新の設備を整えた手術室を二つ設けていざという時に備えた。

だが、その時を待てず、それに先立って脳死肝移植を本邦で初めてやってのける気鋭の外科医を主人公にしたドラマを書き下ろして大手出版社の集英社に持ち込んだ。コミック化されて世に出た。「メスよ輝け！　外科医当麻鉄彦」がそれである。

コミック界ではほかにも外科医ものが話題を呼んでいた。その代表格「ドクターK」は、無重力の宇宙船内で主人公が手術をするという奇想天外、荒唐無稽な物語だ。この種の天才外科医物語の元祖は手塚治虫の「ブラック・ジャック」であろう。

作者は大阪大学医学部を出て博士号まで取った現役の医者だったが、悲しいかな内科医だったから、肝心の手術シーンはぼかしたものになっている。余談ながら、手塚治虫はこの漫画で重大なミスを犯している。主人公ブラック・ジャックの顔半分はそのタイトルの由来となった黒い皮膚で覆われている。黒人の皮膚が移植されているからだ。そのいきさつは思い出せないが、医学的にこんなことはあり得ないと思い至ったのは、私が外科医になって皮膚移植も手がけるようになったからだ。

移植する皮膚は、患者本人から採取したものでなければ生着しないのだ。臨床経験はほんの数年で、内科医であったからやけどやケガの患者など扱うこともなかった手塚治虫は、外科医ならわきまえているこの医学的学理に思い至らなかったのだ。

メディアは大袈裟な表現を好むから〝天才〟という言葉を使いたがる。

〝天才外科医〟と言えば万に一人いるかいないかの超人を示唆する。「メスよ輝け！」の主人公の喧伝にも出版社はそんな表現を用いたがったが、主人公の当麻鉄彦は、よく捜せばどこかに見出される、あくまで等身大の外科医としたかった。「天才は九分九厘努力の人である」とは発明王エジソンの名言であるが、当麻鉄彦も、博士号の肩書き欲しさに外科手術の修練とは無縁の基礎医学に貴重な数年を費やす同僚らを尻目に、ひたすら国手の手技を盗み取る武者修行に明け暮れて達人の域に達した人物として描いた。

軟派物が大方を占めるコミック誌で硬派の医療ものが読者に受けるか出版社は心配したようだが、リアルな手術場面の描写と漫画家の絵が話題を呼んだのだろう、短命に終わりがちな連載物で、百話まで続いた。

しかし、連載中、毎回消化不良の思いに呻吟した。四百字詰め原稿用紙で二十枚に納めて欲しいと編集者は言うが、なかなかその要望には応じられず、大抵四、五枚オーバーになる。医療の内容を極力分かり易くしようとすると、どうしてもそうなってしまう。時に頁を増やしてくれることもあるが、大概は削り取られる。

連載が終わる前後から責を担う病院のいざこざで心身共に疲弊し、挙句、メスを置く顛末になった。長男が高校も陸に行かず、家庭内暴力をふるい出したことも一因である。

外科医を辞めた私が都会にいても仕方がない、向後は過疎の地で〝赤ひげ〟になろうと決意し、一九九九（平成十一）年、現在の職場に転じた。満五十五歳の時である。

環境の変化に、いい加減傷ついた心も癒されて来ると、消化不良のまま終わった「メスよ輝け！」を小説化して省略を余儀なくされた医療部分を加筆したいとの思いが沸沸と湧いて来た。その旨をコミック誌連載中の担当者であった編集者に話すと、いいですよと色好い返事、言質を取った私は、勇を得て二年余りで小説「孤高のメス…外科医当麻鉄彦」を書き上げた。ストーリーは「メスよ輝け！」を一新したもので、原稿用紙二千枚に及んだ。

書き上げた旨を勇躍編集者のPさんに告げると、

「実は・・・」

と言葉が詰まった。

「僕はコミック部門から担当が外れたんで、新しい担当者にその旨申し伝えておきます」

厭な予感がした。

果せるかな、数日後、〝その新しい担当者〟でなく当のPさんから電話がかかって、「二千枚は長過ぎる、精々五、六百枚程度にして欲しい、と言うんですよ」

と、冴えない声での返事。

「冗談じゃないですよ！」

私は声を荒げた。

「コミックは毎回削りに削られて二十枚に納めたでしょ。それで百話だから単純計算しても二千枚になるじゃないですか。コミックでは舌足らずに終わった吹き出し部分を補っての小説だから当然それくらいになりますよ。単行本として分量が多すぎるなら、上下巻にでもして下さいよ。PさんがノベライズOKと言われたからせっせと書き綴って来たんですから」

「うーん」

とP氏は唸った。

「ノベライズ部門にはそれなりの担当者がいて、部外者になった僕には決定権がないんですよ。すみません」

諦めきれなかった。それならそうと、つまり最初から五、六百枚内に納めて欲しいと言ってくれたらよかったものを！

私も早とちりしてしまった嫌いはある。しかし、今更二千枚書き上げたものを四分の一そこそこに縮めることはできない。

身銭を切ることにした。それまでに医学学術書数十冊と「メスよ輝け！」の印税で蓄えた金があった。

　小説の自費出版は医学部卒業の年一年をかけて書き上げた処女作「罪ある人々」以来だ。卒業してまだ二、三年しか経っていない頃で、百万円の費用は駆け出しの医者で大した給料ももらっていない身には痛い失費だったが、曲がりなりにも自分の作品が世に出て多少とも人の目に触れる喜びには代えられなかった。

　そのA出版社しか思い至らず、時折全国紙の一面の下段に他の出版社の刊行物五、六件と並んで広告を打っているので細々とながら営業を続けているのだと知れ、連絡を取った。

　一日、上京し、A社に出向いた。社長は、当時は若々しく押し出しのきくいい体格をしていたが、四十年の歳月はその風姿を大きく変化させていた。こんなに小柄な人だったかと、一瞬目を疑った。炯炯たる眼光は柔和な眼差しになっており、硬そうで黒々としていた頭髪は、そこも嵩が少なくなっていて、しかも大方白髪に変わっていた。
会社は電話番の女性が唯一の社員のようだったが、細々ながらやっていける
のは「呆けになる人、ならない人」という本がロングセラーになっていて、私
が新聞で見たのもその本の広告だったが、これを毎月一度でも出せば本はまず
まず売れる、広告料は一回二、三十万程度で済むから充分採算は取れる、「呆
けになる人、ならない人」も当初は自費出版だったが、幸い売れ行きが良いの
で二刷からは弊社の企画物とさせて頂いている、「孤高のメス」も原作本の
「メスよ輝け！」がベストセラーになったようだからきっと重版になると思い
ます、広告を全国紙に二回出すということでどうでしょう、分量から推して上
下巻二冊にしたほうがいいと思います、それでも一冊千枚分ですからかなり部
厚いものになり、ハードカバーでしっかりしたものにした方がいいと思います
等々、社長は得得として喋った。
数日後、原稿拝読しました、いやあ素晴らしい、感動しました、きっとベス

トセラーになると思います云々の一文を添えて見積書が送られてきた。一巻約三百万円、上下巻で六百万円余とある。広告料を含めての金額とは言え相当なものだ。

初版各一千部、それが捌けてから10%の印税が出るという。それもまあ仕方がない、コミック並みのベストセラーになればお釣りが出るだろうと高を括ってスタートしたが、案に相違して売れ行きはさっぱりで、取らぬ狸の皮算用になった。

一つには、コミックでは、まだ現役ばりばりの外科医であることを慮ってペンネームを用いたが、小説では著者名を本名としたことで、両者が同一の作者によるものであるとは思われなかったことが原因かも知れない。

いま一つは、漫画の愛読者が即小説のそれにつながらないことがあったろう。ストーリーの展開は大幅に変えてあるのに、メインタイトルこそ違え、コミックをそっくりそのまま小説化したものだろうから、筋立てはもう分かっている、重ねて読む程のことはない、漫画はすっすっと読み流せるが、活字はとっつき難い、まどろっこしい、しかも相当に部厚い本二冊を読むのはしんどい、などと思われたことがあるかも知れない。

更に加えるならば、著者はもとより、出版社の名も世間にはほとんど知られていないことだろう。

それやこれやで、重版の声がかからないまま数カ月が悶悶と過ぎ、大枚をはたいたことに臍をかみ始めたある日、思いがけない電話がかかった。講談社や集英社といった老舗の大手出版社ではないが、次々とベストセラー本を出して出版界に一大旋風を巻き起こしている新興の幻冬舎の編集者だというRさんからだ。

「社長の見城から『孤高のメス』を手渡されて、面白そうだ、ウチで文庫本として出せないか検討してみろと言われ、読ませてもらいました。荒削りですが、砂を落とせば金が出てくると思いました。ぜひ弊社で磨きをかけたいと思います」

聞けばRさんは見城社長と共に角川書店を飛び出して幻冬舎設立に与かった一人だと言う。

待つこと数カ月、朱を入れたゲラ刷りがどさっと送られてきた。修正箇所の多さに忸怩たる思いだった。実を言えば、単行本を読み直して、誤字、脱字、脈絡の齟齬はもとより、印刷のミスが多々あることに気付いて愕然たる思いで、著者の校正不足もさりながら、出版社の校正力の不備に苦情を申し入れ、何としても再版し、完璧なものを世に出してもらわなければ困ると訴えていた。

しかし、たとえ重版となって私が気付いたミスプリを修正したとしても、Rさんが入れてきた朱の三分の一も改まらなかっただろう。つまり、それだけRさんの校正能力は勝れていた。

出版社の良し悪しは、一に、どれだけ優秀な校正マンを擁しているかにかかっている。ある作家は、既にプロとして世に出ていたが、新作の原稿を別の出版社から出すことになって喜んでいたところ、ゲラ原稿のほとんどの頁に朱が入って自分の校正力のいい加減さに顔が赤らむ思いをした、こんなに多くのミスを見逃すようでは作家家業を続けられないのではないかと思い、余程筆を折ろうかと思った、と述懐していた。

私も似たような衝撃を覚えたが、Rさんは忍耐強く付き合ってくれた。見城社長に、これは磨けば光る作品です、さすが社長はお目が高い、と返した手前、何が何でも出しますよと言ってくれた。

かくして、幻冬舎の文庫版「孤高のメス」は平成十九年初頭、晴れて世に出た。文庫本で六冊である。

二カ月後、購読していた読売新聞の何面かに一驚した。全面「孤高のメス」の広告で占められているではないか。半分は執刀中の外科医の姿が描かれている。その上に大仰な宣伝文が数行大きな文字で踊っている。曰く、

「『白い巨塔』を超えると噂されていた、衝撃の最高傑作。『もの凄い作品が

あると絶賛されながらも、ある事情により埋もれていた幻のエンターテインメント、ついに文庫で登場！』」

全国紙の全面広告ともなると一千万円近くの費用がかかると聞いている。コミック「メスよ輝け！」の小説版だと知れば、ああそれなら読んでみようかという読者も少なからずいると思われたが、広告文にはそんなことは一切書かれていない。どこかに秘められていた宝が突然発見されたというような思わせ振りな表現で、およそ事実とは異なるが、こういうのが見る者をドキッとさせ引き付ける見城式やり方なんですとRさん。「六十万部突破」というのも大嘘で、実際はその半分ほどだったが、必ずその数字に至ると見込んでの、これも見城式先取りですとRさんはつけ加えた。

実際その通りになった。数日を置かず版を重ねて、各巻十万部を突破、六十万部はあっさりクリアした。

勢いに乗じて、出版社から続編を書くよう求められた。願ってもないことだ。

続編を書き始めて間もなく、思いがけなくRさんが朝日新聞出版に転じ、女性の編集者Uさんが担当になった。父親は某大学の基礎医学の教授だが病弱ということで、「孤高のメス」は身につまされて読んでいるとのこと。

私はUさんに、実はもうひとつ本にしたい作品がある、某看護雑誌社から看護婦をヒロインにした小説を書いて欲しいと頼まれ書き始めたもので、連載が終わったので単行本にして欲しいと言ったが、ウチはあくまで看護雑誌で小説を単行本化することはないと断られた、私としては愛着措く能わざる作品だから是非ともまとまったものにして世に出したいと思い、実は、自費出版を主体にしている文芸社から自腹を切って出した、一千部弱捌けたようだがそれっきりになっている、これを是非文庫本として出してもらいたい、「我が愛はやまず、罪なき者石をもて」なるタイトルの長編小説だが、と交渉に及んだ。

一読したUさんから返事が来た。文庫化させてもらいます、但し、タイトルに〝メス〟の一語を入れてもらえませんか、「孤高のメス」のヒットにあやかりたいので、と。

著者としては単行本のタイトルが内容から言ってもピッタリで気に入っていたので抵抗したが、どうしても〝メス〟を入れて欲しいと譲らない。Uさんは自分が考えた「××のメス」とか、色々提案してきたが、どれもピッタリ来ない。

内容は、中条志津なる四十代後半の看護婦が二十年前、人妻の身ながら若い外科医佐倉周平と恋に陥り、彼の子供を意図的に身籠り、娘を生むというい わば不倫小説だ。

物語は、そうした過去を秘めた志津がある日乳房のしこりに気付き、癌と診断され、乳房を失うことには耐えきれず、当時、極一部の病院でしか行われていなかった「乳房再建術」を受けたいと思い、最新のその手術を十八年前に別れた切りだが密かにその足跡を追っていた佐倉周平が手がけていたことを知り、彼を頼って宮城から秋田へ出掛けて行くところから始まる。

すなわち、不倫と言っても今現在のことではなく、はるか昔のことで、佐倉は志津に妊娠を告げられ「あなたの子」と言われながら認めようとしないまま去って行って十八年の歳月が流れた後の再会が物語の皮切りとなる。

このモチーフは、不倫小説の最高傑作で、「新大陸が旧大陸に対して堂々と送り得る至高の作品」と自らも小説家で辛辣な批評家でもあったヘンリー・ジェームスをして言わしめた、ナサニエル・ホーソンの「緋文字」から得たものである。

「緋文字」とはAdultery（姦淫）の頭文字のことで、イギリスから医師の夫と離れて新大陸アメリカに渡ってきたヘスター・プリンは、通い出した教会の若い牧師アーサー・ティムズデールとの密会の末に私生児を生んだが、その罰として胸に深紅の刺繍〝A〟を私生活でも公衆の面前でもさらけ出すことを強いられる。

この小説を知ったのは医学部教養時代に選択科目として取った心理学の教授

が、講義のさ中〝必読の書〟として言及したからである。

最初に夫から書きたての原稿を見せられたホーソンの妻は、一読、感激し、興奮のあまり何日も眠られなかったという。ホーソンはこれに自信を得てこの作品の発表に弾みを得たとの逸話が残っている。

〝姦淫〟という人類の原罪をテーマに、北海道の主婦三浦綾子は〝氷点〟を書き、朝日新聞主催の「一千万円懸賞小説」で入選を果たして世に出た。彼女はクリスチャンであったから、旧約聖書「創世記」の冒頭に記されているアダムとイブの物語からこのテーマを思いついたようだ。その後彼女は自伝風エッセイを幾つかものにしているが、どこにも「緋文字」を読んだとは書かれていない。しかしひょっとしたら読んでいて、旧約聖書もさりながら、「緋文字」からもヒントを得ていたのではないかと憶測される。

何を隠そう、私も専門課程に進んで半年後，この懸賞小説を知って医学部に休学届を出しひたすら原稿に向かったのだった。若気の至りもいいところで、ものの見事に落選。当時私はキリスト教徒の端くれだったから、彼女が同信徒であることを知って、神から見捨てられたとの思いに打ちのめされた。

私の入信は幼少期に始まった。先にも書いたように〝亡国病〟と揶揄された結核に罹って死線をさ迷ったことがきっかけで熱烈な信者になった母の感化による。母と共に教会に通い出した私は、そこで、ドストエフスキーはたデンマークの憂愁の哲学者でキリスト教徒でもあったキルケゴールではないが、牧師の口から常々発せられる〝罪〟と、その報いである〝罰〟の観念に捉われることになる。その強迫観念に少年期から青年期まで悩まされたが、そこから解放してくれたのが「緋文字」であった。そうして、文学には救いがある、否、魂にコペルニクス的転回の救いをもたらすものこそ真の文学であると思い至ったのだった。

〝緋色〟は即ち不倫と、その〝罪と罰〟の象徴であるが、燃えたぎる情念のそれでもあると思い至った時、はたと閃くものがあった。

『緋色のメス』

そうだ、これでいい！　と。緋色は血にも通じる。練達の外科医は徒に多量の血を流すことはないが、それでも鋭利なメスを手にする以上、出血を皆無には出来ない。如何に出血の少ない手術を手がけ、肝炎等合併症のリスクがある輸血を極力避けるかが外科医の腕の見せ所である。主人公佐倉周平は、修練を重ね、練達の域に達した外科医であり、「緋色のメス」はその意味でもピッタリのタイトルではないか！

この旨をUさんに伝えると、「それで行きましょう！」と二つ返事で同意してくれた。

かくして「緋色のメス」は、単行本の自費出版から六年後、装いも新たに文庫本上下巻として世に出た。

「孤高のメス」のヒットにあやかった面も多々あったであろうが、出版後すぐに重版がかかり、増刷を重ねて上下巻とも五万ずつ、計十万部のベストセラーとなり、先の自費出版での失費は取り戻せた。

「孤高のメス」は僥倖を得て二〇一〇年、映画化され、日本アカデミー賞の候補にもノミネートされた。それはそれで嬉しいことだったが、そのほとぼりが冷めだした頃、新たな欲が出てきた。「緋色のメス」も映像化して欲しい、と。「孤高のメス」の映画化の話が持ち込まれた時、どちらかと言えば「緋色のメス」こそ映像化してもらいたいと思ったものだ。

その夢は果されないまま数年が過ぎたが、私は密かに「緋色のメス」をシナリオに仕立てていた。

それというのも、京都府立医大を出て医師の免許を得ながら医者にはならず映画監督の道に進んだ大森一樹氏に「緋色のメス」を送り、何とか映画化になりませんかと一筆認めたところ、ほどなく丁重な手紙が来て、「上京の折、新幹線の中で一気に読みました。おしまいの方のある件では思わず落涙しました。

この物語は、単発の映画ではなく、連続のテレビドラマの方が合っていると思います」と書いて下さったからだ。

大森監督と面識があった訳ではない。読売新聞のロングコラム「人生案内」の回答者の一人として大森さんがある時から登場し、その洒脱で人情味のある回答に感服していたことと、学校は違うが同じ京都の大学に学んだ経歴から勝手に親近感を覚えていただけだ。

しかし、唐突な相談にも拘わらず誠意のあるその返事に勇を得て「緋色のメス」を一時間もののドラマに仕立てて七、八回分のシナリオを書き上げたのだった。

その頃、NHKで「火曜ドラマ10」が放映されていた。一つの作品が八回から十回に亘る連続ドラマとして毎週火曜夜十時から始まり、五十分間流されていた。民放だと五十分のドラマでもコマーシャルに十分は割くから実質四十分、それにドラマとは関係のない耳障り目障りなコマーシャルに度々中断されて興を殺がれること甚だしいが、ＮＨＫのドラマは丸々放映時間だけその世界に浸れる。

質の高いものも少なくない。中でも惹かれ火曜の十時を心待ちにしたのは「この声を、君に」であった。主演は竹野内豊と麻生久美子、絶妙のコンビであった。二人の声も耳に心地良かったが、いずれも目で演技できる俳優だと思った。

私はぞっこん竹野内に惹かれた。余談だが、映画化から約十年後の二〇一九年、「緋色のメス」ならぬ「孤高のメス」をドラマ化したいとＷＯＷＯＷから申し出があり、現実のものになりかけた頃、プロデューサーから、主人公当麻鉄彦の配役を誰にするか頭を痛めているが原作者としてこれはという俳優さんはいますか、と聞かれ、私はすかさず竹野内豊の名を挙げたものだ。

「うーん」

とプロデューサーは唸った。

「若く見えますが、彼はもう四十代後半なんですよね。当麻鉄彦は三十代半ばという設定ですからどんなものでしょう」

五、六歳は若く見えるからいいんじゃないかと私は竹野内豊に固執したが、彼のスケジュールとこちらが予定しているクランクインとが噛み合わないということで実現に至らなかった。一カ月ほどしてジャニーズの滝沢英明に決まったと聞かされ、驚いた。大丈夫かというのが咄嗟の思いだった。

「内内の話ですが、彼はこれを最後に俳優業はやめ、実務に専念するつもりでいます。引退記念になるからと大層張り切っています」

プロデューサーは声を弾ませた。

それから暫くして、お引き合わせしますと言うので上京、東劇の一室で束の間の面会を果たしたが、小柄ながら澄んだ大きな目と、落ち着いた物腰が印象的な好青年だった。私は外科医としての研鑽の集大成として平成元年に著した自著「実践の手術手技　教科書にないテクニックとコツ」を彼に渡し、持参した手術器具でその持ち方、糸結びの方法を簡単にデモンストレーションし、後はこの本に詳しく書いてあるから勉強してくれるようにと言い残して別れた。

話を「緋色のメス」に戻す。ＮＨＫの火曜ドラマ「この声を、君に」の後は、不妊症の娘に代わって出産する代理母の物語で、松坂慶子がその母親を演じていた。これもなかなか見せるドラマで、何とかして「緋色のメス」を「火曜10」で取り上げてもらいたいとの思いを強くし、書き上げたシナリオを担当のプロデューサーに送ろうかと思い詰めていた。

折しも、ＮＨＫの「ラジオ深夜便」のプロデューサーの佐野と名乗る人物から診療所に電話がかかってきた。医学と文学〝二足の草鞋〟を履いておられること、メスを置いて過疎の地に転じられたことをテーマにお話を伺いたい、と。「ラジオ深夜便」にはかつて一度出たことがある。当地へ来て間もなく、大阪ＮＨＫのアナウンサー寺谷一紀君から出演依頼を受けた。彼とは、それより数年前、私がまだ関東は上尾市の病院の責を担っていた頃、わざわざ大阪から二日掛かりで出向いてきて取材をしてくれたことがきっかけで知り合った。彼が司会者として担当することになった「千客万来」というローカル番組にも、今の診療所に着任したその年の秋にゲストとして呼んでくれた。私が来るまで四十年間に十五人もの医者が出入りし、今度来た医者も関東の病院をやめて来たそうだが、どうせここには落ち着かないだろう、早々に他に転じてしまうに違いない、と思い込んでいたこの地の人に、私の経歴と、淡路島に骨を埋める覚悟であることを知ってもらう絶好の機会になった。ローカル版のこの「千客万来」はなかなか人気があって、診療所界隈の住民もよく見ていたからである。事実、出演した番組が放映されてから診療所に来てくれる患者がふえ、寺谷君に感謝することしきりであった。

彼は私を「ラジオ深夜便」に呼んでくれて二、三年後にNHKを退職、民放ラジオのディスクジョッキーに転じ、現在に至っている。

二度目の「深夜便」の仕掛け人佐野さんは東京から出向いてくれて、拙宅で取材してくれた。

ところが数日後、録音の具合がどうももうひとつなのです、と電話が入った。

「ついては、こちらのスタジオで改めて録音させてもらいたいんですが、上京のおついではありませんか？」

（録音のやり直しなんてプロにはあるまじきことではないか！）

私は内心毒づきながら、

「無くはないですが……」

と言葉を濁した。

佐野氏はかなりの年配だ。と言っても当時古稀を過ぎていた私とどっこいどっこいか。ＮＨＫは疾うに定年退職、属託の身分でのんびり仕事をしているらしいから緊張を欠いていたのではないか、とこちらは疑う。

私が二の句を継がないのでこれはいかんと察したか、佐野氏は口調を和らげ、猫撫で声になった。

「実は、近々、松坂慶子さんがやはり『深夜便』の録音を取りにおいでになります。石倉アナウンサーとの対談予定ですが、もしその日においで頂けるなら、再録は同じ部屋でさせて頂くので、彼女にお引き合わせしますよ」

伊達に年は取っていない。佐野氏は懐柔策を心得ている。

拙宅でのインタビューの折、私はＮＨＫとの因縁を色々話したのだ。数年後に「ＮＨＫを斬る！」なる批判本を出した私だったが、その時は遠路はるばる来てくれた佐野氏へのねぎらいの意味もあって、若い時から自分はラジオはもとよりテレビもほとんどＮＨＫしか視聴していない、民放はやたら騒々しく、視聴者に媚びる低俗な番組ばかりだからほとんど見ない云々と言ってのけたのだ。その皮切りに話題にしたのが、卒後三年目に赴任した片田舎の病院時代に夢中になった銀河テレビ小説「若い人」だった。石坂洋次郎原作のこの青春ドラマの主人公であるエキセントリックな少女江波恵子を演じたのが松坂慶子だった。

はまり役だった。彼女の破天荒な言動に振り回されながら惹かれて行く教師を演じたのは石坂浩二であった。確か九時か十時台の僅か十五分の放映だったが、翌日の放映が待ち切れないほどだった。

ドラマが終わった時、私はNHK気付で松坂慶子に手紙を書いた。素晴らしい演技だった、あなたはこの一作だけで人々の記憶に残るだろう、云々。

彼女は返事をくれた。表書の私の名の下に「先生様」と書かれていた。達筆ではないが、几帳面な自筆の文字だ、文章もしっかりしている。日大高校の夜間部に通いながら演技の勉強をしている、学業との両立は大変だが、撮影の合間に教科書を開いて試験勉強をしている、といった初々しい内容に思わず気持ちが和み、またすぐに手紙を書いた。あなたはこの「若い人」を最初で最後のテレビ出演にした方がいい、他の下らないドラマに出たら折角の清冽なイメージが損なわれてしまうから、云々。

やや日を置いたが、松坂慶子はまた返事をくれた。

「『若い人』の好評で、自分は思い上がっていたのかも知れません」

思い出せるのはこの文言くらいで、期待したような、たとえば、お言葉通りこの作品で女優業は止めます、と言った文言は見出せなかった。

要するに、私は彼女に一目惚れし、あわよくば自分ひとりのものにしたかったのだ。当時私は二十七歳で独身、彼女は芳紀十九歳、結婚相手としてうってつけではないか！

私の身勝手な夢想を尻目に「若い人」で鮮烈なデビューを果たした松坂慶子は、その後とんとん拍子に大女優への道を歩いて行き、雲の彼方の人となった。

こんなほろ苦い青春の思い出を私は佐野さんに話したのだ。

私の再収録の直後に、ＮＨＫの夜七時のニュース番組の顔である石倉アナウンサーと松坂慶子の対談を組みますから、その前後でお引き合わせします、お手数ですが是非○月×日に渋谷のＮＨＫ本社に足をお運び頂きたい――

松坂慶子をダシにした佐野さんの説得に私は折れた。

その日、松坂慶子はマネージャーの千葉さんと共に現れた。テレビではないラジオのインタビューだからだろう、その辺に散歩にでかけたついでに寄ったというようなカジュアルないでたちで、スラックスにスニーカーという取り合わせだ。若い頃はスラリとした体形だったが、五十歳を過ぎた頃から太り出して胴のくびれがなくなった。尤も、テレビでは実際より一・二倍に映るということだから、50㎏の人でも60㎏の体に見える訳で、娘の代理で子供を産む五十代の母親役のドラマでは優に70㎏はあろうかと思われる体に見えたが、目の前に現れた人物は、63㎏の私よりもほっそりとし、精々60㎏あるかなしかに思われた。身長も170㎝の私より5、6㎝は低い。「すっぴんで来ました」という顔は、色白でつるっとしている。物腰もおっとりしていておよそ〝大女優〟を気取った風はなく、お付きの千葉さんも飾らない控え目な人で、「私は大女優のマネージャーよ」とばかり気取った素振りは全くない。

挨拶もそこそこに、石倉さんに誘導されて松坂慶子は収録室に入った。ガラス張りで二人の対談模様はこちら側で見て取れる。佐野さんの配慮で声も聴き取れるようにしてくれた。私は千葉さんと並んで腰かけ、ガラスの向こうの二人に見入った。

「僕も松坂さんのファンなんですよ」と言う石倉さんは、勢い込んで声も上擦っていた。多少お追従気味なことを口にしたが、松坂慶子は些かも図に乗ることなく、淡々と謙虚な応答に終始し、改めてその人柄の良さを偲ばせた。

対談を終えた松坂慶子を、佐野さんは些か勿体振った面持ちで引き合わせてくれ、彼女とのツーショットを何枚か撮ってくれた。さすがに私は顔が熱くなったが、彼女は悪びれず、気取った風もなく、極自然体でついと肩を寄せてくれた。

私は持参していた幻冬舎文庫本版の「緋色のメス」上下巻を差し出し、「火曜ドラマ10」ででも放映して欲しいと思ってシナリオ化もしている、ついてはヒロインの中条志津を松坂さんに演じてもらえればと思うが、それには少しダイエットして頂かないと、と言うと、松坂慶子は傍らの千葉さんと目配せしてからややはにかんだように肩をすくめた。

別れ際、

「御本、読みますね」

と言ってくれた。

NHKを後にした私は、何とも言えない温かく心地良いものが胸を満たしているのに気が付いた。短いひとときだったが、松坂慶子の飾らない人柄がもたらしてくれたものだ。彼女と結婚していたら、幸せな人生、円満な家庭生活を送れただろうと思った。現に、彼女は晩婚で、しかも、週刊誌の報道によれば父親の猛反対を振り切っての結婚だったが、夫とは仲睦まじく暮らし、二人の子供にも恵まれている。

石倉アナとの対談でも、円満で幸せな家庭生活を伺わせるエピソードをさり気なく漏らしていた。

淡路島に戻っても、私は暫くぬくもりの余韻に浸っていたが、そこには多少の後悔も入り混じっていた。

佐野さんは果たして、私が「若い人」で松坂慶子にぞっこん惚れ込んだことを彼女に話していたかどうか聞きそびれたこと、彼女は四十年前のそのこと、二度に亘って私に手紙を寄越してくれたことを覚えていてくれたかどうか、直接本人に尋ねたかったのに聞きそびれてしまったこと、等。

ぬくもりは、ひとり松坂慶子から伝わってきたものではない。マネージャーの千葉さんの人柄にも依るものだった。マネージャーがもしつっけんどんでお高くとまり親しみを感じさせなかったら、松坂慶子その人へのイメージも半ば損なわれていただろう。

だが、些かもそんな素振りはなく、まるで仲の良い姉妹さながらさり気なく松坂慶子に寄り添っている千葉さんは、うってつけの付き人と思われた。

ぬくもりがまだ冷めやらない数日後、千葉さんから思いがけない電話がかかった。何と、今台湾に来てるんですが急ぎの用件をお伝えします、と声も性急だ。

「松坂さんが出演したＮＨＫドラマのプロデューサーに先生のこと、『緋色のメス』をシナリオ化しておられることを話しましたら、是非拝見したい、ついては作者とお話をしたいと仰って……」

耳を疑った。

「なので、これこれの方に電話をかけてみて下さいませんか」

と千葉さんは続けた。

半信半疑のまま、私も急いで教えられた電話番号をプッシュした。

壮年かと思われる男性の声が返った。

「来週早々にドラマ10の企画会議があります。それにかけたいのでシナリオ原稿をこれから頂きにお伺いしてもよろしいでしょうか？」

（これは本気だな！　ひょっとしてひょっとということになるかも知れんぞ！）

胸苦しいまでに心臓が躍った。その焦りが咄嗟の判断を狂わせた。遠路も厭わず原稿を取りに来るというなら、その行為に甘んじればよかったのだ。新幹線で東京から新神戸まで三時間、そこからバスに乗り継いで淡路島まで一時間半、往復でざっと十時間近くかかるが、それだけ苦労して手に入れた原稿なら徒疎《あだおろそ》かには扱うまい、じっくり読んでじっくり検討してくれるだろうと、これは後になって悔やんだことで、実際は、そんな手間をかけるのは申し訳ない、一日遅れになるが宅急便でお送りしますよ、などと答えてしまったのだ。

「ではそうしてもらえますか」

一瞬絶句してから相手は言った。

翌週に入って数日経ったがなしのつぶてだ。企画会議は疾うに済んだはずだ。週末まで待ったがやはり何の音沙汰もない。

しびれをきらしてＮＨＫに電話を入れ、プロデューサーを呼び出した。

一週間前の熱のこもった声とは裏腹な、トーンの落ちた声が返ってきた。

「残念ですが、採用になりませんでした」

「そうですか……」

　余りにも事務的な対応に気持ちが萎えてそれ以上何も言えないまま受話器を下ろしたが、すぐに後悔した。送った原稿はちゃんと読んでくれたのか、その上で本当に企画会議に乗せてくれたのか、採用にならなかった理由は奈辺にあったのか、等々を問い質すべきだったと。

　いや、そうではない。あれほど性急に原稿を求めた以上、こちらから尋ねるまでもなく、むこうから企画会議が終わり次第顛末を知らせてくれるべきではなかったのか？　まして、全盛期は過ぎたとは言え、今尚ドラマの主役を張る大スター松坂慶子のマネージャーを急き立ててまで事に及んだ以上。

　送ったシナリオは数日後、一言のコメントもないまま送り返されてきた。その無礼な仕打ちへの義憤も相俟って、二〇一七年「ＮＨＫを斬る！」を出版し、募り募った憂さをせめても晴らした。

その二年後、降って湧いたような僥倖がもたらされた。「孤高のメス」をBS放送のWOWOWが全八話の連続ドラマとして放映してくれたのである。

クランクアップ成って、プロデューサーが監督の内片輝さん他主な出演者七、八名に引き合わせてくれた。

消えかけていたローソクの炎が再び点り出し、胸を熱く焦がしてきた。

ドラマの放映が終わったところで、私は内片さんに礼状と共に「緋色のメス」の原作とシナリオを送り、是非これを監督の手でテレビドラマ化して頂きたい、小説の主人公佐倉周平には「孤高のメス」で滝沢秀明が演じた当麻鉄彦の上司の病院長役の石丸幹二、ヒロインの中条志津には常盤貴子がうってつけと思われる云々なる一文を添えた。

内片さんは誠実な人だった。待つまでもなく返事をくれ、テレビ局からオファーがあれば取り組みたい旨書かれていた。

「孤高のメス」のテレビドラマ化に情熱を傾けてくれ、ＷＯＷＯＷに持ちかけてその実現に漕ぎつけてくれた松竹映画のプロデューサーにも「緋色のメス」の原作とシナリオを送り、内片監督にお願いしたが、無理なら自分の手で、つまりは、自腹を切る代わりに私がメガホンを取って映像化したい、ついては、俳優へのアプローチ等の手助けをお願いできるだろうか、と一筆認めた。

文学もさりながら、映画も、多情多感な青春を彩り、一方で、メフィストフェレスの危うい誘惑から救ってくれた。半世紀を経た今にして、それへの恩返しをしたい思いに胸を焦がしているのである。

喜寿を過ぎて早数年が経とうとしている。残された人生は知れているが、息災でおれる限り、この夢を持ち続けるだろう。

完

著者プロフィール

大鐘稔彦（おおがね としひこ）

1943 年愛知県名古屋市生まれ。'68 年京都大学医学部卒。

母校の関連病院を経て、'77 年上京、「日本の医療を良くする会」を起会、関東で初のホスピス病棟を備えた病院の創設や、手術の公開など先駆的医療を行う。

「エホバの証人」の無輸血手術 68 件を含む約 6000 件の手術経験を経て、'99 年にメスを置き、南あわじ市の診療所に着任。地域医療に従事して今日に至る。

医学学術書の他、小説、エッセイ多数。

日本文藝家協会会員。短歌結社「短歌人」同人。

短歌で綴る折々のこと

2024 年 7 月 15 日　発行

著　者　大鐘稔彦©

発行人　越智俊一

発行所　アートヴィレッジ

〒663-8002　兵庫県西宮市一里山町 5-8-502

電　話：090-2941-5991

ＦＡＸ：050-3737-4954

メール：info@artv.jp

ホームページ：https://artv.page

印刷所　日商印刷

ISBN 978-4-909569-79-0

定価はカバーに表示してあります。

落丁・乱丁本はお取替えいたします。